LA (TOUTE) DERNIÈRE FOIS

Portraitiste tout en délicatesse et fine analyste du couple sur lequel elle pose un regard aussi tendre qu'acéré, Laure Manel rencontre un immense succès depuis son premier roman, *La Délicatesse du homard*. Suivront *La Mélancolie du kangourou*, *L'Ivresse des libellules*, *L'Embarras du choix*, *Histoire d'@*, *Le Sourire des fées*, *Le Craquant de la nougatine* et *La (Toute) Dernière Fois*... Après avoir été enseignante, elle se consacre aujourd'hui entièrement à l'écriture.

Paru au Livre de Poche :

La Délicatesse du homard

L'Embarras du choix

Histoire d'@

L'Ivresse des libellules

La Mélancolie du kangourou

Le Sourire des fées

LAURE MANEL

La (Toute) Dernière Fois…

MICHEL LAFON / LE LIVRE DE POCHE

Une version initiale de *La (Toute) Dernière Fois*
a été autoéditée en 2017.

ISBN : 978-2-253-93689-3 – 1re publication LGF

À toutes nos dernières fois,
passées et à venir

Préambule

On pense souvent à « la première fois » qu'on a fait telle ou telle chose… mais j'ai souhaité écrire sur la dernière fois, peut-être parce qu'il est souvent plus facile de s'en souvenir et parce que l'émotion, plus récente, est sans doute plus palpable.

Selon les textes, « la dernière fois » s'entend au sens de « la plus récente », mais aussi la « TOUTE dernière fois de notre vie ».

Nous avons tous nos premières fois, nos dernières fois, et toutes celles entre les deux. J'ai voulu écrire de petites tranches de vie anonymes dans lesquelles chacun pourra se reconnaître et éventuellement s'interroger, entre nostalgie heureuse, légèreté, gravité et mélancolie.

J'espère que vous aimerez lire ces bribes de vies, et que vous passerez un agréable moment, au fil de ces textes où vous pourrez piocher au gré de vos envies.

Bonne lecture !

Laure

La (toute) dernière fois…

… qu'il a fermé la porte de sa maison

Il y avait vécu plus de quarante ans.

Fermer cette maison, c'était comme fermer la porte de toute sa vie.

Cela ne s'est pas fait sans émotion.

La ruine l'avait contraint au départ : il devait vendre cette maison. De toute façon, depuis le décès de sa femme, il n'avait plus envie de vivre ici. D'ailleurs, il avait failli quitter sa maison à ce moment-là, mais il s'était raccroché à cette bâtisse comme à une bouée de sauvetage. C'était tout ce qui lui restait des jours heureux.

C'était une maison de famille comme tant d'autres en France. Peuplée de souvenirs et de fantômes, secouée de rires et de larmes. Une demeure qui renfermait autant de saveurs que de douleurs. Comme la vie.

Avant de fermer une dernière fois la porte et de tourner la clé dans la serrure, il a pris une grande inspiration pour contrer la larme qui lui chuchotait toute la tristesse qu'il éprouvait. Il venait d'effectuer un dernier tour du bâtiment. Il avait traversé chaque pièce, ses yeux s'attardant sur les détails révélés par l'absence de meubles, le nez à l'affût des derniers indices rappelant leur présence. Cela sentait encore la lavande dans l'une des chambres, la cire dans l'escalier, l'humidité dans la cuisine. Il avait fermé tous les volets. La pénombre qui engloutissait chaque pièce l'une après l'autre le plongeait dans une mélancolie croissante. Chaque endroit le renvoyait à des souvenirs, lui rappelait des scènes du quotidien ou des événements majeurs. Les laisser ici lui fendait le cœur, surtout à la perspective que bientôt d'autres personnes s'y installeraient. Ces gens feraient sans doute des travaux, et peut-être tout disparaître. Il préférait ne pas y penser. Il espérait quand même qu'ils n'auraient pas l'indécence d'abattre le vieux chêne dans le jardin. Qu'il reste au moins cela…

Après le dernier tour de clé, il a marché vers le grand portail, puis il a fait volte-face, pour jeter un ultime regard à sa vieille maison en pierres et emporter avec lui son image si familière. Cette fois, il lui semblait que sa vie restait là, à cette place. Quitter cette maison, c'était quitter sa propre existence. Comment pourrait-il être heureux ailleurs ?

Depuis, il vit dans un petit appartement sans charme et sans jardin, où flotte néanmoins un léger parfum de lavande. Il ne lui reste de sa maison que des photos et des souvenirs. Une grande richesse, finalement, qu'il ravive à volonté et dans laquelle il plonge en ressentant une douce nostalgie.

… qu'elle a marché en montagne

C'était l'été, il y a deux ans.
Depuis, ça lui manque.
Elle en rêve même la nuit.

Ils étaient partis une semaine aux Contamines-Monjoie. C'est souvent trop court, une semaine. Elle ne rêve donc que de ça : y retourner. Refaire certaines balades, comme pour vérifier que ses souvenirs ne lui mentent pas et que les photos sont bel et bien en deçà de la réalité. Comme pour se réapproprier les lieux, emplir ses yeux du grandiose de ces paysages, s'extasier à nouveau au pied du glacier et maudire le réchauffement climatique qui le fait reculer chaque année. Oui, sans doute que si elle y retournait, le glacier aurait encore cédé du terrain… mais il serait toujours saisissant, avec ses marbrures grises et bleues, ses formes improbables et sa majesté. De celle d'un roi qui ne sera plus. Et elle le contemplerait avec une nostalgie anticipée.

Elle se rappelle l'effort des montées, quand le souffle se fait plus court et les pauses plus fréquentes (sous prétexte d'admirer la vue, alors que c'est la même qu'il y a trois minutes, et de refaire à peu de choses près la même photo)… la gorge sèche qui réclame l'eau bienfaisante, sous le soleil de plomb qui alourdit le sac à dos… les jambes qui tremblent parfois sous l'effet de la douleur… Mais toujours l'envie d'aller plus haut, d'aller plus loin… jusqu'au lac, jusqu'au sommet… là où tout est plus beau. Là où c'est magique.

Poser le sac. Avoir presque froid, parce que le vent vous transperce le dos trempé par la transpiration, et la satisfaction d'être arrivée au but et de découvrir le panorama qu'on a envie de partager avec ceux qui nous accompagnent, ou en profiter seule… mais pas avec la foule. Elle aurait tant aimé, par exemple, avoir le lac Blanc pour elle toute seule. Faire des photos sans personne. Rien que la nature, sauvage, brute, majestueuse. Rien que la montagne et elle. Les hauts sommets de roche et de neige qui se reflètent dans le lac aussi bleu que le ciel. Les rapaces, les chamois. Rien qu'eux et elle. Un genre de rêve inaccessible. Un fantasme de randonneuse.

Heureusement, il y a toutes ces randonnées où l'on est presque seule. Où l'on marche consciencieusement, portée par ses pieds mais dans une espèce de torpeur du corps. L'esprit est là mais ailleurs en même temps. Il divague au rythme régulier des pas, comme dans une transe. Marcher, c'est méditer un peu. Laisser les pensées aller de la contemplation de l'instant aux réflexions plus larges, passer du présent aux autres temps. Écouter à la fois les bruissements de feuilles, la brise dans les ramures, les éboulis qui cavalent le long d'une paroi, les cris d'un aigle ou le sifflement d'une marmotte sentinelle, mais aussi s'écouter soi : entendre le rythme de son cœur, comprendre les sensations de son corps, interroger sa vie. Et respirer.

Il y a tant, dans une simple randonnée !

Se rappeler la dernière fois qu'elle a marché en montagne, c'est déjà préparer la prochaine fois, l'inscrire au programme de l'année à venir. Comme un passage obligé, une nécessité vitale.

… qu'il a reçu un cadeau

Ce n'était pas un cadeau comme les autres.

Il était différent.

Et malgré son prix somme toute modique, il a une valeur inestimable.

C'était juste un porte-clés. Tout simple, en forme de ballon de basket. Utile, par définition, mais pas pour lui : il ne s'en servirait pas comme d'un porte-clés. Il ne voulait pas le perdre ou l'abîmer. Il lui réservait un bien plus joli destin. Il l'a donc placé dans la vitrine de sa bibliothèque, parmi les autres objets auxquels il tenait beaucoup (quelques pierres décoratives, un coquillage jugé rare, une tour Eiffel dans une boule à neige, autant de potentiels *ramasse-poussière* aux yeux de sa mère qu'il fallait impérativement placer derrière une vitrine).

Évidemment, un si petit cadeau ne lui avait été offert ni pour son anniversaire ni pour Noël. Et c'était justement là que résidait l'origine de son attachement à ce présent : non seulement il avait été complètement spontané et d'autant plus surprenant qu'il n'avait pas de raison d'être, mais surtout il lui venait de son père. Bizarrement, c'était la première fois que son père prenait l'initiative de lui faire un cadeau. De lui-même, comme ça, sans raison. Jusqu'alors, pour quelque cadeau que ce soit, sa mère était aux commandes : choix, achat, emballage, don du cadeau, elle gérait tout de A à Z. Son père validait, opinait, approuvait, mais plutôt de loin. Il n'avait pas trop d'idées, ce n'était pas vraiment son truc. Lui, il préférait partager du temps avec ses enfants (le peu qu'il pouvait leur accorder), notamment au cours d'activités sportives. Plus particulièrement autour du basket. Sa passion à lui au départ, leur passion à eux deux à présent.

Alors ce porte-clés en forme de clin d'œil l'avait touché au cœur bien plus que de raison, pour tout ce qu'il symbolisait de ce lien père-fils concrétisé, pour une fois, dans un objet qu'on peut regarder, tenir et faire tinter entre ses doigts. Il lui rappelle leurs moments à tous les deux, quand ils jouent au basket ou s'amusent à mettre des paniers dans le jardin, quand son père l'accompagne à l'entraînement ou vient le voir aux matchs.

Dans ce petit cadeau, il y a bien plus qu'un anneau servant à ne pas perdre ses clés.

Souvent, il s'approche de la vitrine et c'est le porte-clés qui attire son regard et qui le fait sourire. Comme s'il incarnait son père.

C'était le premier cadeau de son paternel – peut-être pas le dernier ? Mais il sait déjà que, quoi qu'il arrive et où qu'il aille, ce ballon de basket en porte-clés le suivra toute sa vie.

… qu'elle a prié

Jusque-là, elle était non pratiquante.
Pour elle, pour ça, elle l'est devenue.
Et depuis…

Elle avait été baptisée sans l'avoir demandé, comme la plupart des gens. Elle avait fait sa première communion, et même la deuxième, parce que « dans la famille, c'est comme ça ». Elle ne savait pas trop au fond si elle croyait. Elle croyait en un quelque chose, oui. Et même en Dieu. C'est juste qu'elle ne cautionnait pas tout ce qui avait été fait en son nom… Les guerres de Religion, les colonisations… Et puis, elle était trop cartésienne pour accepter de croire qu'il n'y avait pas eu de big bang et que le monde avait été créé en sept jours… Mais, hormis ces détails inventés par les humains, qu'elle range du côté des mythes et des légendes, elle croyait en Dieu. De loin. Elle ne priait jamais, du moins pas depuis sa dernière communion. Dans les mariages et les baptêmes, elle prenait quand même l'hostie, et récitait du bout des lèvres le « Notre Père ». Mais c'était bien tout. Sa foi se cantonnait à ces quelques actions, vieilles résurgences de gestes appris.

Et puis, il y a eu ce jour maudit où sa meilleure amie a appris qu'elle avait un cancer, un méchant, un qui a déjà dépassé les bornes d'un organe. Sans que son cerveau le décide, ses pas l'ont portée à la première église venue. Elle y est entrée. Elle s'est assise, a joint les mains et a prié. Comme si elle l'avait fait toute sa vie. Elle ne cessait d'implorer Dieu pour qu'Il sauve son amie. Elle ne Le blâmait pas de lui avoir envoyé cette épreuve, tout comme, malgré sa perplexité devant les horreurs du monde, elle se serait sentie bien mal placée pour Lui demander où était Sa Bonté. Mais là, c'était tout son cœur qui priait dans une peine immense. Elle ne pouvait envisager de la perdre si jeune, et elle ne pouvait envisager que Dieu ne fasse rien pour son amie qui était le Bien et la générosité incarnés.

Donc, elle a prié. À l'église. Chez elle aussi. Elle a même retrouvé le chemin de la messe. Comme si devenir pratiquante pouvait interpeller Dieu et faire pencher la balance vers la guérison. Elle y mettait toute son âme. Et beaucoup de larmes.

Jusqu'à cette dernière fois, à l'hôpital, au chevet de son amie.

Mais Il ne l'a pas sauvée.

Depuis, elle n'a plus jamais prié.

… qu'il est allé à l'école

C'était le dernier jour.

Un jour de début juillet, qui sonnait l'heure des vacances d'été.

Pour lui, c'était plus.

Déjà, le matin, en arrivant, il avait la boule au cœur et dans la gorge. Dernier jour… Il avait franchi la porte de sa classe avec une certaine émotion. Il avait écrit la date au tableau, fait glisser la craie sans qu'elle crisse désagréablement, s'était dit : « Je me souviendrai toujours de ce jeudi 6 juillet. » Dernier jour, donc. Il avait contemplé la classe déserte, les bureaux et les chaises étonnamment silencieux, les murs déjà vides des productions d'élèves. Seuls quelques posters restaient en place. Et la frise d'histoire. Le futur maître choisirait de les garder, ou pas. Lui avait enlevé dans les jours précédents ses propres affiches pédagogiques : les règles d'orthographe pour distinguer les homonymes, celles de grammaire pour analyser une phrase, celles de calcul pour ne pas oublier les techniques opératoires… L'une après l'autre, il les avait retirées, comme quelques fruits de l'arbre de son travail. Avec chaque fois un petit pincement au cœur.

La journée avait ressemblé à toutes les *dernières*

journées de fin d'année scolaire, à cela près que, pour lui, c'était la *toute dernière* de sa vie. Il ne remettrait plus les pieds ici. Alors, il a vécu toutes les *dernières* fois de cette *dernière* journée : l'arrivée des élèves dans l'allégresse, l'installation de chacun à sa place (ou presque), les blagues des uns, les souvenirs déjà nostalgiques des autres, la récréation du matin, un peu plus longue que d'habitude, les jeux de société en classe, le repas entre collègues, et un après-midi passé à regarder un film en mangeant des bonbons…

Et comme ses élèves n'ignoraient pas que c'était son tout *dernier* jour d'enseignement, ils lui ont fait une surprise, chanté une chanson longuement répétée en cachette, offert des cadeaux et, plus émouvant encore, donné une affiche géante avec photos et petits mots d'adieu riches en émotion.

Et il est là, les bras ballants, dans cette classe devenue inerte, alors que, quelques minutes auparavant, elle fourmillait encore de rires et de cris. Une larme au coin des yeux, il contemple les stigmates d'une journée d'école pas tout à fait comme les autres, qui y ressemble pourtant : les pelures de taille-crayon à côté de la poubelle, quelques papiers froissés, une règle oubliée… Et puis il y a le tableau recouvert de mots et de dessins de toutes les couleurs. Des visages qui sourient, des MERCI, des « *Je ne vous oublierai jamais* », un « *Vous êtes un maître qui déchire ! ! !* », des prénoms… les derniers d'une longue série de plus de quarante ans. Il regarde tout cela pendant quelques minutes, un vague sourire au coin des lèvres. De toutes ces années, il ne gardera que le meilleur. Il hésite à effacer ce tableau… mais il n'a pas envie de laisser cela à quelqu'un d'autre qui ne saura pas estimer la vraie valeur de ces témoignages. Ce sont des cadeaux au même titre que les autres. Alors, sans volonté, il attrape la brosse et commence à effacer les messages et les dessins de ses derniers élèves. Tout doucement, en relisant chaque mot avant de l'enlever. Il pense au « Cancre » de Jacques Prévert.

Il glisse dans son cartable sa trousse en cuir pleine de taches et sa règle. Range quelques feuilles dans sa chemise en carton et met le tout dans le sac. Le ferme en vérifiant les deux *clic*. L'attrape et rapproche sa chaise de son bureau. Puis il prend la direction de la sortie, l'unique porte de sa classe.

Il a passé presque vingt ans ici, dans sa dernière école. C'est tout un pan de sa vie auquel il dit au revoir. Il n'était pas pressé de prendre sa retraite. Il appréhende déjà la rentrée de septembre, quand il ne reprendra pas le chemin de l'école et qu'il saura que tous y retournent.

L'enseignement, c'était toute sa vie.

Alors, avant de fermer la porte sur sa classe et sa carrière, il regarde une *dernière* fois cette pièce où il a passé plus de temps que chez lui. Et ses souvenirs se superposent à la réalité. Il revoit les trousses disparues, les piles de cahiers, les ardoises qui ne sont plus ce qu'elles étaient, le tableau noir devenu vert. Et tous ses élèves. Il a toutes les photos de classe de ses années d'instituteur, alors il n'oubliera jamais leurs visages. Il espère avoir compté pour eux (en tout cas, lui a appris de chacun d'eux), avoir contribué à leurs progrès, à leur avenir. Ce n'est pas de la fierté qu'il éprouve, juste le sentiment d'avoir fait de son mieux.

Après un dernier regard, il ferme la porte.

Les autres enseignants sont déjà partis.

Il traverse la cour de récréation, épaules basses et regard rivé au sol couvert de dessins à la craie. Au moment de franchir le portail, il découvre un dernier message : « *Revenez nous voir, monsieur.* »

… qu'elle a entendu cette musique

Dès les deux premières notes, elle la reconnaît.
Elle ne l'écoute jamais volontairement.
Trop de souvenirs…

Pourtant cette fois, dans sa voiture, elle ne zappe pas pour changer de station. Elle fait face sans même savoir pourquoi. La dernière fois qu'elle a entendu ce morceau de piano, sa mélodie vaguement mélancolique, ils étaient en voiture. Il avait le CD de l'album. Il l'aimait beaucoup, mais ils ne l'avaient pas écouté ensemble depuis longtemps. Cette fois-là, le piano fredonnait sa litanie enivrante pendant qu'il lui annonçait qu'il allait partir pour le Japon. Définitivement. Pour « réaliser son rêve de gamin ». Mais sans elle. Elle ne faisait pas partie du rêve, elle ne ferait pas partie du voyage. C'est tout, c'est comme ça. Et pas la peine de pleurer. Leur relation n'était pas vouée à durer, il ne lui avait rien promis. Il ne faisait que dénouer un lien, avec une facilité déconcertante. Mais pour elle… c'était plus que ça. Ce n'était pas qu'une *relation*, c'était une *histoire.*

Alors, évidemment, les notes résonnent amèrement dans la voiture. Et, évidemment, les larmes roulent aussi.

Cette musique qu'elle aimait, ce moment l'a gâchée. Elle sera toujours synonyme de cassure, de douleur, définitivement entachée par l'ÉVÉNEMENT. Elle a eu bien du mal à s'en remettre. Maintenant, ça va mieux. Mais ces larmes sont la preuve, s'il en fallait une, qu'elle ne sera jamais vraiment guérie… et que cette musique lui fera toujours mal.

Tout le monde a une chanson douloureuse. Ou même plusieurs. Une chanson qu'on a aimée à deux, qui symbolise une histoire commune ou un moment intense, et dont les bienfaits nous sont arrachés quand elle se termine… Et tout cela se rappelle à nous de temps à autre. Il suffit que surgissent quelques notes et l'on est catapulté dans le passé, violemment ou bien avec une douce nostalgie.

La prochaine fois qu'elle l'entendra, elle ne l'écoutera peut-être pas. Ou alors, si. Et peut-être qu'elle ne pleurera pas. Peut-être même qu'un jour elle l'écoutera dans une relative indifférence, ou même un jour encore plus lointain, avec un vague sourire aux lèvres, en pensant plus à la musique elle-même, pour ce qu'elle est : un magnifique morceau de piano.

… qu'il a dit « non »

C'était il y a trois jours.

Il avait réussi, là où il avait dit « oui » tant d'autres fois.

C'était le signe qu'il était sur la bonne voie, peut-être même qu'il avait gagné.

Cela faisait plus de vingt ans qu'il répondait invariablement « oui » à cette question. Même quand il ne le voulait pas, au dernier moment ses lèvres articulaient O-U-I. Presque malgré lui. Et là, non. Peut-être parce que cette fois-ci c'était la bonne, c'était la vraie dernière fois qu'il arrêtait… et qu'il n'allait pas arrêter d'arrêter comme à chaque tentative.

Deux semaines plus tôt, il n'avait pas annoncé fièrement : « C'est la dernière. » Pourquoi ? Parce qu'il ne le savait pas lui-même ! À vrai dire, il se souvient à peine de sa dernière cigarette. Encore une qu'il a fumée machinalement. S'il avait su que c'était la dernière, avec ou sans annonce officielle, il l'aurait allumée délicatement, dégustée religieusement, il l'aurait vénérée. Au lieu de ça, il l'a fumée comme toutes les autres, et puis il est allé se coucher. Au réveil, il était terrassé par un mal de gorge effroyable, comme il n'en avait jamais connu. Un truc assez violent pour ne pas pouvoir envisager d'en griller une ce jour-là. Plus de quarante degrés de fièvre, l'homme était alité avec une angine carabinée.

Le lendemain, ce n'était pas mieux. Imaginer la fumée de cigarette sur ses muqueuses à vif ne le tentait pas plus que la veille. Deuxième jour sans tabac.

Idem le surlendemain. Troisième jour sans tabac.

Il avait déjà fait trois jours sans tabac, évidemment. Il avait déjà « arrêté » plein de fois, en disant : « C'est la dernière. » Mais il y avait toujours eu une nouvelle première cigarette. Tôt ou tard. Même une fois, après un mois d'arrêt, on lui avait posé la même question qu'il y a trois jours : « Tu veux une cigarette ? », et il avait répondu : « oui » ! Parce qu'il se disait : « Un mois sans cigarette, c'est gagné, c'est pas une seule… » Eh bien, si : il était retombé dans le piège la tête la première. C'est là qu'il a su que la dernière devait vraiment être la toute dernière. Pourtant, malgré l'envie d'arrêter pour plein de raisons (le prix qui flambe, les dents qui flanchent, la santé qui fout le camp), il n'était pas parvenu à y renoncer à nouveau. Il se sentait perdant d'avance. Alors, il ne fanfaronnait plus, surtout pas pour dire, comme quand il était plus jeune : « J'arrête quand je veux. »

Mais bizarrement, là, c'était différent. Il se surprenait lui-même. Sa douleur était plus forte que son envie de nicotine. Elle lui avait laissé aussi le temps d'en imaginer d'autres pires… Déjà trois jours de passés, alors il s'est dit : « Et si je saisissais l'occasion ? »

Cela fait donc deux semaines. Sa gorge se porte à merveille. Il a jeté ses paquets de cigarettes et même son briquet fétiche. Il gère ses pulsions et n'a pas dit à toute la Terre qu'il avait arrêté. Alors, quand il s'est entendu répondre « non » à la question d'un fumeur qui lui proposait une cigarette, il a su qu'il avait remporté l'acte I de la bataille contre son addiction. Le plus dur était derrière lui. En son for intérieur et très discrètement, il se félicitait de sa résistance nouvelle.

Tout ça grâce à une angine !... et à une certaine force de caractère dont il n'était pas peu fier.

… qu'elle a mangé dans un restaurant gastronomique

C'était bien avant le deuxième confinement, quand les restaurants ont fermé, sans le savoir, pour sept mois.

Ils avaient dîné dans un établissement qu'ils connaissaient déjà.

Ils s'étaient régalés, comme chaque fois.

Évidemment, ce n'est pas souvent qu'ils se permettent d'aller dans ce type de restaurant. En général, leur porte-monnaie préfère une brasserie, une crêperie ou une pizzeria. Se rendre dans un gastro, c'est suffisamment exceptionnel pour que cela représente en soi quelque chose de festif.

Ils ont leur adresse fétiche. Un rapport qualité-prix inégalable. Un endroit d'où ils ne ressortent pas la faim au ventre comme dans certains établissements (souvent plus coûteux) où les assiettes flirtent avec le vide. Et puis c'est un restaurant agréable, élégant mais pas trop pompeux. On se glisse aisément dans ses codes, on trouve le cérémonial somme toute modeste, pas trop cérémonieux. Ce n'est pas l'un de ces restaurants où on lève les cloches à un signal invisible. Et on leur parle normalement.

Ils ne sont jamais déçus.

Les tables sont joliment dressées, les verres ballon donnent envie de s'y faire servir du bon vin. On commande l'apéritif. Il arrive avec des mises en bouche affriolantes qui mettraient en appétit les plus réticents.

On explore la carte. Les menus sont analysés et invitent déjà à la rêverie. Il faut dire que les intitulés savent mettre l'eau à la bouche. Plutôt viande, plutôt poisson ? Le dilemme se résout parfois en optant pour une proposition terre et mer prometteuse. Un cabillaud en croûte de chorizo, par exemple.

Les plats arrivent tour à tour dans des assiettes variées en formes comme en couleurs, écrins mettant en valeur leur contenu. La perfection du dressage les laisse sans voix. Ils font tourner leur assiette pour mieux apprécier chaque point de vue, reconnaître chaque élément, deviner les textures, se régaler avec les yeux d'abord, anticiper la satisfaction des papilles. Puis ils goûtent. Chacun sa méthode. Elle aime prendre un peu de tout d'abord, avant de mélanger les saveurs. Il attaque frontalement l'ensemble en piquant de sa fourchette plusieurs ingrédients. Le silence s'invite entre eux parce que la dégustation est une expérience intime, au fond.

La dernière fois qu'ils sont allés au restaurant, elle a choisi le canard fumé maison servi en ceviche, carpaccio de foie gras, pastèque, melons marinés et glace roquette en entrée ; les filets de sole meunière avec leurs coques farcies, roulé de pomme de terre, mimolette vieille, beurre au citron confit en plat ; le croquant chocolat-cacahuète, avec son biscuit cacahuète, crémeux chocolat au lait, cœur de caramel, sorbet chocolat noir en dessert. Un pur régal, accompagné de bons vins et couronné par un thé à la menthe avec ses mignardises.

Ils étaient sortis du restaurant avec l'envie d'y revenir vite. Sept mois de fermeture ont eu raison de leurs projets.

… qu'il a fait du vélo

C'était l'été dernier.

De toute façon le vélo, pour lui, c'est un truc « de vacances ».

Cela va avec « plage », « glace » et « farniente ».

Ils étaient avec leur groupe de copains sur l'île de Ré. L'endroit rêvé pour en faire, du vélo. LE mode de déplacement roi. Des pistes cyclables partout, pour traverser les villages, les marais, les bois, pour aller à la plage, au marché, au musée. Nez et cheveux au vent. Et à toute heure. Le plus rigolo, c'est d'en faire la nuit. Surtout entre Loix et Saint-Martin, sur la piste qui longe la mer. On croise d'autres cyclistes, qu'on devine de loin par les loupiotes qui tremblent, et par les voix et les rires qui se rapprochent. On est alors un peu tous dans le même délire.

Le vélo, c'était donc leur moyen de locomotion pour les petits trajets du quotidien. Mais ils ont décidé, avant la fin de leur séjour, d'aller jusqu'au phare des Baleines, tout là-bas, au bout de l'île. Soixante kilomètres en tout environ. Sur le plan, ça n'avait pas l'air si loin que ça. En pratique, ça n'était pas si près. Surtout que leurs engins avaient passé la quarantaine (c'était ceux de papy Jo) et ne pouvaient s'enorgueillir de posséder dix-huit ou même six vitesses… Au mieux, il y en avait deux. Sans parler des freins qui grinçaient et ne freinaient pas vraiment. L'esthétique globale ne rattrapait pas les défauts mécaniques : les bicyclettes rivalisaient dans les catégories « taches de rouille », « rayures » et « peinture qui s'écaille ». Clairement, leurs vélos dataient, et leur virée s'annonçait un peu folklo, surtout pour les grands dadais qui ressemblaient davantage à des crapauds sur des boîtes d'allumettes qu'à des cyclistes crédibles. « C'est vintage, et le vintage c'est à la mode ! » rappelait Vincent à qui voulait l'entendre. Sophie avait bien envie de lui rétorquer que le vintage était moche et inconfortable.

Pour l'aller, cela avait été quand même facile. C'était roulant, cela ne nécessitait pas d'efforts. À la réflexion, ils devaient avoir le vent dans le dos. Parce qu'au retour, en plus du mal aux fesses causé par la selle au moelleux contestable, ils prenaient le vent en pleine face, sans aucun doute. Ils ont traversé les marais avec la désagréable impression de faire, par moments, du sur-place. Pour mieux fendre l'air, ils se courbaient sur leur vélo, et se relayaient en pole position toutes les cinq minutes, les quatre autres dans la roue du précédent, comme les pros, mais sans la classe des pros. Et avec une efficacité discutable. L'arrivée semblait s'éloigner à mesure qu'ils avançaient, tant leurs jambes étaient fatiguées, et pas seulement à cause des 257 marches gravies dans le phare.

Certes, ils n'avaient pas l'habitude de briller dans le sport, mais là, c'était assurément de la faute aux 2 V (vélos et vent)… sans compter que la crevaison de Vincent leur avait fait perdre un temps précieux en réparation et en récriminations à coups de « Et ta connerie, elle est vintage aussi ? » parce qu'il avait pris son biclou pour un VTT et s'était émancipé des pistes cyclables pour couper à travers champs.

À l'arrivée, ils pouvaient à peine marcher. Fourbus, épuisés, Sophie les dents serrées… et tous cramoisis. Tout à leurs efforts dans le vent, ils n'avaient pas senti la morsure du soleil sur leurs visages, leurs nuques, leurs bras et leurs cuisses. Leurs nez avaient pris plus que le reste, ce qui ne les avantageait pas vraiment. Ah, ils s'en souviendraient de cette journée !

Bref, il avait eu sa dose annuelle de vélo.

… qu'elle a vu son père

C'était peut-être pour la toute dernière fois.

En tout cas, c'est ce qu'elle s'est dit en y allant.

Ils l'avaient prévenue, mais ça lui a fait un choc quand même.

Ils lui avaient dit : « Il a pris vingt ans. » Vingt ans en quelques semaines. Elle y est allée la boule au ventre, avec appréhension. Pour se dire : « Au moins, je l'aurai vu une dernière fois… » Ses jours sont peut-être comptés.

Deux ans sans se voir. Beaucoup de semaines, de mois creux, entre un père et sa fille. À deux reprises, alors qu'elle l'avait invité, il n'était pas venu. Il s'était décommandé à la dernière minute prétextant du travail. N'était-il tout simplement « pas en état » d'envisager un trajet de plus de deux cents kilomètres ? Leurs relations ont toujours été complexes, de toute façon. Faites d'absence, de distance, de silences et de non-dits. C'est un taiseux. Un taiseux que la dépression n'a pas arrangé et à qui la vie a beaucoup pris, parce qu'il n'a pas su retenir. Quand elle était petite, il avait tout. Il n'a plus rien. Il vit comme un SDF dans un appartement même pas à son nom qui ressemble à une décharge.

Il a soixante-six ans, il en paraît vingt de plus quand il s'avance vers elle à tout petits pas difficiles. La faute à l'opération qu'il vient de subir ? Peut-être, ou pas… La faute à la vie qu'il a subie, plutôt, et qu'il traîne derrière lui. Dans la sienne, il a souvent fait les mauvais choix. Il a parfois invoqué la malchance, s'est souvent posé en victime du destin, mais au final il a surtout fait les mauvais choix, et décidé de s'en remettre à deux gourous : l'alcool et le tabac. De mauvais conseillers, qui gangrènent l'existence autant que le corps. La santé, c'est quand ça ne va pas si mal. Sauf que la santé est loin, maintenant. Les ennuis s'accumulent, entre séjours à l'hôpital et opérations de sauvetage… jusqu'au jour où ce sera le dernier.

Et elle en est malade de se dire que cet homme, qui ressemble à un clochard, à un vieillard portant sur lui le masque de l'alcoolique, est son père. Elle a honte d'avoir honte, et surtout elle a mal au cœur. Mal de se dire que c'était peut-être la dernière fois qu'elle le voyait, mais qu'il n'y a pas grand-chose à faire pour lui… qu'il a gâché et gâchera sa vie jusqu'au bout.

C'est la dernière fois qu'elle l'a vu… mais peut-être pas la toute dernière. Qui sait s'il tiendra encore longtemps sur le fil de la vie ?

… qu'il lui a dit « je t'aime »

Elle s'en souvient bien.
Ils étaient en vacances tous les deux.
Elle ne pensait pas que ce serait la dernière fois.

C'était il y a deux ans. Ils étaient partis dans le sud de la France pour un séjour « en amoureux ». Quelques jours pour échapper au quotidien, au travail, aux enfants, à la routine. Des vacances pour les remettre en selle, les ressouder, les relier. Être jeunes parents, ça vous essouffle un couple. Enfin, ça peut.

Elle y croyait. Elle était persuadée que ces journées entre farniente et visites, balades et repas au restaurant auraient le goût de leurs débuts et, peut-être, raviveraient même (soyons fous) le feu de la passion. Cela faisait quelques mois qu'ils s'éloignaient progressivement l'un de l'autre. Pour ne pas dire quelques années. Les nuits en pointillé, les couches, les pleurs, les questionnements éducatifs couplés aux soucis de travail ou d'argent ont quelque peu mis à mal leur amour et la magie des premiers temps a cédé la place à une routine dévorante, plus angoissante que rassurante.

Ils avaient besoin de se retrouver. C'est elle qui avait préparé tout le séjour, échafaudé le programme, réservé les nuits d'hôtel… tout. Il s'était laissé porter toute la semaine, et l'avait remerciée à la fin avec ce précieux « je t'aime » qu'elle n'avait pas entendu depuis quelques semaines.

Elle était revenue rassurée, avec le sentiment d'avoir accompli une mission de la plus haute importance et l'espoir d'un avenir meilleur.

Et puis, le quotidien avait repris, avec ses lois drastiques, les enfants trop tyranniques, le travail trop présent. La vraie vie, quoi : pas toujours drôle.

C'était il y a deux ans, et depuis il ne lui avait jamais redit « je t'aime ». Au début, il répondait parfois « moi aussi » quand elle le lui disait. Et puis, plus vraiment. Elle voulait croire que ce n'était pas grave, que ça ne signifiait pas qu'il ne le pensait pas… que les preuves d'amour ne se résument pas à ces trois petits mots… qu'il y a tout le reste, les regards, les petites attentions, les gestes d'affection. Mais subrepticement le doute était venu s'immiscer en elle et elle se triturait l'esprit à se demander s'il l'aimait toujours, s'il l'aimait vraiment ; pire, s'il n'en aimait pas une autre. Et s'il restait avec elle simplement parce qu'ils s'étaient dit « oui ». Jusqu'à quand ?

En attendant, elle… attend : elle non plus ne lui dit plus « je t'aime ». Elle attend qu'il le lui dise. Qu'il le remarque et s'en étonne, au moins. Un jour, peut-être.

… qu'elle a eu un zéro

Son prof croyait qu'elle avait triché.
Il lui avait collé un zéro pointé.
Elle n'était pas prête à l'assumer.

Il faut dire qu'elle faisait partie des élèves « modèles ». Sans être une intello au sens péjoratif du terme, elle était sérieuse et travailleuse, soucieuse de plaire à ses professeurs sans pour autant se mettre au premier rang et lever la main tout le temps. Elle avait plutôt des bonnes notes, parfois d'excellentes, parfois de moins bonnes (ah, le sport…). Elle était aussi bavarde, mais c'était de naissance, alors…

Et donc, ce jour-là, elle avait rendu sa copie en anglais. C'était un travail à faire à la maison. Il fallait rédiger un descriptif touristique de leur ville. Elle s'était aidée d'un dépliant existant, en français, pour le traduire. Cela n'a pas plu à son professeur, qui y voyait sans doute un texte trop parfait pour être honnête. Il lui a rendu son contrôle quelques jours plus tard, avec ce gros zéro souligné deux fois. Elle en avait rougi jusqu'à la racine des cheveux. Un zéro, cela ne lui était pas souvent arrivé… jamais, de mémoire.

Elle s'était décidée à le cacher à sa mère. Facile : il

suffisait de dissimuler ladite feuille… et de l'oublier. La honte était plus forte que les scrupules.

Cependant, le relevé de notes dans le carnet de correspondance était lui bel et bien entaché de ce monstrueux zéro pointé… et à faire signer. Ni une ni deux, pour la première et dernière fois, elle prit le risque inconsidéré de le masquer sous une couche de blanco avant de présenter le tout à sa mère, qui orna le bulletin d'une signature facile à contrefaire (ce qui d'ailleurs fut fait une autre année, pour ne pas devoir éponger la honte d'avoir oublié, par trois fois, de faire signer son carnet). Et le lendemain, pas fière, elle remit le zéro dans sa case. Ni vu, ni connu.

Elle ne s'en vanta que quelques années plus tard, preuve de sa grande honte, qui en ferait sourire plus d'un.

… qu'il a voté

C'était en 2002.
Un sursaut citoyen.
Il n'y avait pas le choix.

Quand il était jeune, il y croyait. À une société plus juste, à la résolution des problèmes, au travail pour tous… Idéaliste. Utopiste. Naïf, finalement.

Maintenant, la politique, ça le gave. Ils sont tous pareils, il n'y en a pas un pour rattraper l'autre, et les débats politiques ressemblent à des bagarres de cour de récré. C'est à qui réalise le plus beau discours, qui harangue les foules à qui mieux mieux… Au final, c'est pareil. Les politiques ont un ego surdimensionné et ne rêvent que de pouvoir. Pour la plupart, ils sont pétés de thunes et bien loin de la réalité des gens. Ne connaissent pas le prix d'une baguette, ne vivent pas dans le même monde que nous. Sans parler des « affaires » pour lesquelles aucun parti n'est épargné. Tous les mêmes…

Sitôt élus, sitôt critiqués. Les non-élus critiquent. L'opposition s'oppose. C'est le jeu, mais elle n'aurait pas fait mieux. Elle n'aurait pas arrêté la Covid à nos frontières… Elle n'aurait pas mieux géré… Mais elle pratique le jeu facile de la critique. Elle hue les idées qu'elle a énoncées en premier. C'est la guéguerre entre les partis, de tous les côtés, et au sein même des partis. Ils ne savent pas s'entendre, ils veulent tous battre et gagner, écraser les autres et s'enorgueillir d'avoir de bonnes idées, meilleures que le voisin. Alors que la plupart du temps elles sont irréalistes, donc irréalisables.

Dans cinq ans, on en prend un autre et ce sera différent. Mais pareil, au fond.

En tout cas, lui, il ne vote plus. Il fait front s'il le faut. Mais la politique politicienne, il la fuit : les débats, il ne les écoute pas plus de dix minutes ; les discussions, il les évite ; les polémiques, il s'en fout. Il a ses opinions, mais ne les étale pas. Il n'aime pas la politique. Point barre.

… qu'elle a eu peur

C'était hier.
Peut-être même ce matin.
Elle a le trouillomètre qui s'emballe facilement.

Elle a toujours été froussarde. C'est peut-être de naissance. Petite, elle avait peur du noir, peur des chiens (sauf du sien), peur des petites bêtes, peur d'avoir la tête en bas, peur de tomber, de se faire mal, peur de parler devant tout le monde, peur de devenir rouge… Un peu plus tard, elle avait peur d'avoir des mauvaises notes, peur de déplaire, peur de perdre ses amis, peur qu'il arrive quelque chose à ses parents… Ses peurs entravaient sa vie. Elle le savait, elle l'a toujours su. Elle n'avait pas été de ces étudiantes qui sortent et rentrent seules, la nuit ou même le soir. Trop peur de tomber sur un homme ou un groupe quelconque qui auraient pu lui vouloir du mal ou simplement l'embêter. Quelle frayeur elle a déjà éprouvée quand, certaines fois, elle s'est crue suivie…

Encore maintenant elle a peur d'être au mauvais endroit au mauvais moment. Les faits divers la font frissonner, les actualités l'angoissent. Elle pense à ces femmes violées, à ces gens qui ont eu le tort de se trouver sur le passage d'un forcené, ou à l'endroit d'un attentat… au mauvais endroit au mauvais moment. Elle ne va jamais se promener seule en forêt ; elle ne se gare jamais dans les parkings souterrains ; elle ne revient jamais seule à sa voiture lorsqu'il est tard. Elle évite toute situation qui pourrait mal tourner. Et quand elle ne l'évite pas, elle se laisse déborder par ses pensées pessimistes. Quand elle prend le métro, elle a peur d'un sac qui pourrait renfermer une bombe ; quand elle est en voiture elle a peur d'un accident. Elle craint trop le crash pour monter dans un avion.

Elle a peur de la mort. Et elle s'empêche de vivre.

Parfois, elle se dit que tout cela ne sert à rien, que « la peur n'évite pas le danger », comme on dit, que ses précautions et ses pensées sont aussi inutiles qu'idiotes, que ça n'empêchera pas tout, que tant de gens vivent sans se poser de questions, que le destin a le dernier mot, et qu'il faudrait passer au-dessus de tout ça. Mais c'est plus fort qu'elle.

Elle continue d'avoir peur pour elle et pour ceux qu'elle aime. Elle tremble de penser que la maladie ne les épargnera pas tous ; elle frémit à l'idée de les perdre. Elle espère, elle croise les doigts pour qu'ils soient tous protégés, pour que la vie leur prouve à elle, à tous, qu'ils sont nés sous une bonne étoile. Qu'il ne leur arrivera rien.

Hier ou ce matin, de quoi a-t-elle eu peur, déjà ? Ah oui, elle a eu peur pour son fils. Parce que c'est un ado qui commence à sortir et qu'elle s'imagine déjà tous les risques qu'il court, à cet âge où l'on aime tester les limites et jouer avec la peur… Elle sera donc de ces parents qui veulent savoir quand-où-avec qui,

qui essayent de se rassurer tout au long d'une soirée mais dont le ventre se tord à imaginer le pire, qui ne dorment pas tant que leur ado n'est pas rentré, qui préfèrent aller le chercher à trois heures du matin pour lui éviter de monter dans une voiture alcoolisée… mais qui le laisseront sortir parce qu'il faut bien le laisser vivre.

… qu'il a déménagé

C'était l'année dernière.
Une fois de plus, il fallait changer de lieu de vie.
Et dire au revoir aux copains.

« C'est nul », disait-il toujours en s'emportant, quand ses parents lui annonçaient qu'une fois de plus ils allaient déménager. La faute au travail, la faute aux mutations forcées. Ce n'est pas toujours marrant d'avoir un père militaire. Lui, il aurait voulu ne jamais bouger, rester toujours au même endroit, garder ses copains, que plus tard il aurait appelé « mes copains d'enfance ». Au lieu de ça, il fallait toujours changer de logement (en plus, la caserne, ça n'était pas vraiment le rêve)… et recommencer à zéro ailleurs, arriver dans une nouvelle école, puis un nouveau collège, se faire des nouveaux camarades que, quand ils commençaient justement à devenir un peu plus que ça et qu'il les considérait comme de vrais copains, il devait quitter. Comme par hasard. Il déménageait à chaque fois au moment où il commençait à se sentir bien. Et il fallait déjà repartir… Le *seum*, quoi. C'était lassant, frustrant, déprimant.

Mais là, c'est différent. Même si cela a été difficile de dire au revoir aux copains de 4e D, il est content, car, grâce aux réseaux sociaux et aux jeux en ligne, ils ne perdront pas le contact. Et puis, surtout : cette fois-ci, ils emménagent au cœur d'une grande ville. Et bonus extra : la voisine lui plaît bien et ils sont dans la même classe.

Depuis la rentrée, il est amoureux. Il n'ose pas le lui dire. Et peut-être qu'elle non plus. Ils sont copains, ils vont au collège, ils font parfois leurs devoirs du soir ensemble, et même ils sortent au cinéma… Et là, dans le noir, il rêve d'oser lui prendre la main.

En fait, il est trop content d'avoir déménagé. Il aimerait bien que ce soit pour la toute dernière fois.

… qu'elle a couru

C'était dans la forêt, près du lac.
Elle se sentait bien.
Et puis…

La course à pied, c'était son truc. Malgré son manque d'endurance, malgré ses kilos en trop. Avec un peu d'entraînement, une à trois fois par semaine, elle effectuait maintenant ses dix kilomètres sans difficulté. Et elle adorait ça. Connectée à la musique qui pulsait dans ses oreilles et lui donnait le tempo, connectée à sa montre GPS et à son appli. Sport, plaisir, santé, le tout sous forme d'un jeu, celui de « je ferai mieux que la fois précédente (plus de kilomètres, plus de relief, moins de minutes, moins de souffrance) ». Quand elle courait, elle se sentait bien, elle se sentait vivante. Elle aimait l'effort, le sentiment que son corps répondait, qu'il obtempérait sans rechigner, qu'elle avait le dessus, en quelque sorte. Elle aimait que ce soit dur, mais qu'elle y arrive, qu'elle s'essouffle mais qu'elle respire encore mieux après, qu'elle soit fatiguée parce que la course avait été longue et belle, profitable. Elle aimait repousser ses limites, se lancer des défis. Courir, tout simplement, une foulée après l'autre.

Chaque inspiration nourrissait chacune de ses cellules, apportait du bien-être et insufflait de la vie.

Et puis, il y a eu cette dernière course, dans la forêt. Elle venait après une pause liée à des soucis de santé. Quelques tensions, beaucoup de surmenage, des douleurs dans les articulations, et surtout au niveau de la colonne vertébrale. Pas bon signe… Mais elle voulait y aller quand même. Elle est partie à petites foulées. C'était la reprise, il fallait y aller doucement. Mais même doucement… Non, cela n'a pas été probant. Au bout d'à peine un kilomètre, elle a ressenti de telles douleurs en bas du dos qu'elle s'est arrêtée net. Elle a dû se résoudre à poursuivre en marchant. Et même en marchant… Ses pas étaient petits, raisonnables, irréguliers, scandés par des décharges électriques qui ne permettaient pas d'aller plus vite. Mauvais signe.

Son médecin lui a prescrit des séances de kiné. Celle-ci a été formelle : la course à pied, ce n'est plus pour elle. Sa colonne, ses lombaires, ses cervicales lui seraient reconnaissantes de ne pas s'y remettre. Son corps, ce traître, a dit *stop* quand sa tête disait *encore.* Il allait falloir se résoudre à renoncer.

Alors, elle est là, résignée, mais pas vraiment résolue à se dire que c'était en effet la dernière fois qu'elle courait, et qu'elle ne connaîtra plus jamais l'ivresse de la course, les endorphines qui se libèrent, la joie du corps qui souffre un peu mais pas trop, le bien-être qui coule dans les veines en musique, le plaisir du mouvement… Elle n'arrive pas à se dire que tout cela est derrière elle. Et elle pense… à tous ces gens qui perdent l'usage de leurs jambes et qui ne peuvent plus se tenir debout. Elle se dit qu'au fond elle a quand même de la chance, et qu'à défaut de courir, elle peut marcher. Et même nager, danser… bouger.

… qu'il a menti

C'était au travail.
Une nouvelle fois.
Et cela a pris des proportions inattendues.

Il ment toujours, depuis qu'il est tout petit. La faute à son enfance ? Peut-être bien. La vérité n'était pas très drôle, alors il l'améliorait. Son père n'était plus un chômeur alcoolique qui battait sa mère, il télétravaillait à la maison pour une grosse société. Et il aimait sa mère, il lui offrait même des fleurs et une nouvelle robe chaque mois. Évidemment, il se voyait mal inviter des copains à la maison, vu l'écart entre le film et la réalité. Sauf qu'un jour qu'il était malade, un camarade de classe était passé pour les devoirs. C'est son père qui avait ouvert. Tout débraillé, comme tous les jours, et une Kro à la main. Alors là, il était mal… et en effet, ça ne s'était pas bien passé au retour à l'école. « Menteur », qu'on lui disait. Il était devenu la risée de la classe. Le paria.

Heureusement, il déménageait souvent. Et chaque fois, il s'inventait une autre vie, une autre famille, des jouets à Noël qu'il n'avait pas… Il disait que si ses vêtements étaient vieux et moches, c'était parce que ses parents étaient de généreux donateurs pour les enfants pauvres. Évidemment, il priait pour ne jamais croiser ses camarades au supermarché du coin… Il avait trop honte, surtout quand sa mère avait un œil au beurre noir. En fait, son enfance était aussi moche que ses vêtements.

Après, il a grandi, il a inventé d'autres mensonges… Il s'est inventé des vacances sympas, des sorties avec des filles, une première expérience sexuelle avec une femme expérimentée… Parfois, pour mettre la réalité un petit peu à hauteur de la fiction, il volait. Ainsi, il pouvait s'acheter un truc nouveau, et avoir un Walkman, comme tous les autres. Et puis, pour se rendre intéressant, puisque bien sûr il ne pouvait pas l'être pour ce qu'il était, il fourmillait d'anecdotes. Il avait vu ce truc, il connaissait untel, il allait faire ça… « Mytho », qu'ils disaient, les autres. Il en faisait trop, et s'était taillé une sale réputation de pauvre-type-qui-ment-parce-qu'il-a-une-vie-de-merde. Et pourtant, s'il avait agi différemment, il aurait pu mettre en avant ses qualités. Elles étaient réelles, il n'aurait pas eu besoin de les inventer. C'était un gentil garçon, poli, serviable, soucieux de sa famille et réellement intelligent. Mais en société, il était passé à côté, en ne voulant pas se ressembler.

Et puis, voilà… Adulte, il a continué à mentir, et n'a jamais arrêté. Pour être intéressant à ses propres yeux, pour s'excuser, pour ne pas faire de peine, aussi. Le mensonge est sa deuxième nature. Parfois, il ne sait même plus ce qui est vrai et ce qui est faux. Tout est emmêlé.

Mais cette fois, c'est grave. Parce qu'il a menti au travail pour la douze millième fois, parce qu'il a commis une faute qu'il a tenté d'attribuer à un autre, parce que son chef l'a bien compris, qu'il a mené sa petite enquête et en a trouvé plein d'autres, des fautes et des mensonges... Parce que celui-ci va lui coûter son travail, et sans doute son appartement. Parce que sa copine l'avait prévenu : « Encore un mensonge, et tu te tires de chez moi. »

Le mensonge de trop, celui qui fait tout s'écrouler... pour mieux reconstruire après ?

… qu'elle s'est inscrite sur un site de rencontres

Des années qu'elle était célibataire par intermittence.

Des années qu'elle surfait sur les sites.

Pas pour chercher l'homme idéal, mais quand même…

Elle en a écumé, des sites. Faut dire que ça foisonne et qu'il s'en crée tous les jours. Des sérieux, des étonnants, des très spécialisés, des géolocalisés, des que-pour-baiser… Il y a de tout, et pour tous les goûts. Mais de quoi s'y perdre, aussi. Elle en a testé plusieurs. A ri jaune de constater que certains hommes se trouvaient sur chacun de ces sites. S'est dit qu'elle aussi, mais pas pour les mêmes raisons. Elle, c'était juste pour voir. Évidemment.

Un jour, donc, elle s'est inscrite sur un nouveau site de rencontres et désinscrite des autres. Elle s'est dit : « C'est la dernière fois que je tente. » En gros, elle finirait en couple ou ferait définitivement une croix sur ce mode de rencontre-là. Il fallait que ça marche. Ou que ça rate. Mais enfin, qu'il se passe quelque chose de suffisamment spécial pour qu'elle sache quoi choisir. Elle n'a pas été déçue.

Ce site était un repaire de ratés (et même de tarés).

Tous moins intéressants, tous plus portés sur le sexe les uns que les autres. Une véritable catastrophe.

Après quelques échanges, elle en a rencontré certains. Histoire d'essayer, de ne pas se contenter de discuter par écrans interposés et de se frotter à la *real life*. Eh bien, c'était en effet pire qu'ailleurs. De vraies caricatures. Elle retrouvait le grand classique du « ma photo date d'il y a dix ans, j'ai pris vingt kilos (variante : j'ai perdu tous mes cheveux/ou je les ai teints en bleu), mais je ne te l'ai pas dit », celui des centimètres en moins (1,65 mètre au lieu du mètre 72 annoncé, ce n'est pas pareil quand on est une femme de 1,70 mètre), celui du goujat qui textote et *matche* ailleurs alors qu'il est censé te parler, celui du radin qui ne t'offre même pas un café… La *loose* totale.

Mais il y en a quand même qui ont su tirer leur épingle du jeu et avec qui elle a eu envie d'aller plus loin. Juste une fois, tout compte fait, c'était suffisant. Entre le mec qui se croit un bon coup parce qu'il te fait faire des sauts périlleux et celui qui te pleure dessus à chaudes larmes, cela lui a suffi.

Elle s'est dit « stop ». C'était donc bien la dernière fois.

À présent, elle se contenterait d'attendre des occasions de la vraie vie.

Deux ans… et elle attend toujours.

… qu'il a raté la sortie de l'autoroute

Ce n'est pas que c'était habituel.
Mais ça lui était déjà arrivé.
Et là, elle a explosé.

Ils allaient au mariage de cette copine d'enfance… dont il a oublié le nom depuis. Près de cinq cents kilomètres et ils touchaient au but. Elle était toute jolie à ses côtés, pimpante dans sa robe ultra chic à la hauteur de son statut de témoin, mais trop maquillée selon lui. Il la préférait nature. Comme les yaourts. Nature, c'est mieux. Trop de rouge à lèvres (très rouge, en plus, le rouge à lèvres), trop de fard, et ce fond de teint… Non, vraiment… Cela durcissait ses traits, qui justement étaient bien assez durs ce jour-là. Elle fronçait les sourcils, elle avait la bouche pincée et les yeux fixes, les bras croisés. Tout démontrait qu'elle boudait. L'atmosphère était tendue, et ce n'était pas la première fois. C'était sa faute à lui. Il avait oublié ses chaussures vernies, s'en était rendu compte au bout d'une demi-heure de route, et ils avaient fait demi-tour (parce que « non mais, tu rigoles, tu vas pas mettre tes savates avec ton costume ? » qu'elle lui avait lancé d'un ton cinglant). Qui dit retour dit perte de temps, dit retard. Ils avaient de la marge pour la cérémonie, mais elle, elle voulait qu'ils soient (vraiment) en avance. Ils ne seraient plus qu'en avance, mais pas assez. Tout ça pour dire qu'elle était remontée contre lui. Contre lui et son étourderie « légendaire » (au moins !).

Alors, quand il est resté consciencieusement sur sa voie sans même se rendre compte de son impair, au lieu de prendre la sortie de l'autoroute qui annonçait l'arrivée, elle a explosé et viré au cramoisi (tirant au violine, même sous le fond de teint) : « Mais c'était làààààà ! » a-t-elle hurlé avec un jet de bras spectaculaire. Penaud, il s'est enfoncé dans son siège, en attendant que l'orage passe. Comme un gamin pris en faute, grondé par sa mère. La faute, encore, à son étourderie. Elle soupirait de façon ostentatoire et se serait arraché les cheveux s'ils n'étaient pas si magnifiquement coiffés, en se lamentant sur un air assez irrespectueux, aux notes de « mais qu'il est con, mais qu'il est cooooon... », suivi de « mais qu'est-ce que j'ai fait pour mériter ça ? ».

C'est vrai, il était étourdi, lunaire, maladroit... tout ce qu'on veut, depuis tout petit. Mais bon, de là à se faire insulter... Cela faisait trois ans qu'ils étaient ensemble. Au début, elle le trouvait touchant. Limite, son côté « j'oublierais presque ma tête » la faisait craquer. Elle pensait pour lui, elle lui rappelait ce qu'il devait prendre, vérifiait qu'il l'avait bien pris... une vraie petite maman. Attentive, soucieuse, indulgente. Ça, c'était au début. Petit à petit, ça s'était un peu gâté. Elle soupirait d'impatience, rattrapait les oublis en maugréant, et les reproches devenaient plus fréquents. Elle le trouvait immature, irresponsable. Et il voulait avoir des enfants ? Mais il en était encore un !

Pour autant, elle n'était encore jamais allée jusqu'à l'insulter. Elle l'aimait pour d'autres raisons, heureusement.

Mais cette bretelle d'autoroute ratée… c'était un peu l'arête en travers de la gorge. L'engueulade qui s'ensuivit fut de haute volée.

Le mariage ne s'était pas trop mal passé. Du moins, pour les mariés et la plupart des invités. Eux avaient pris soin de s'éviter au maximum et la décision tacite de reporter la discussion qui ne manquerait pas d'arriver.

Et c'est ainsi qu'elle l'avait largué le lendemain de la noce.

Pire, elle s'était invitée dans une autre voiture pour rentrer à Paris.

… qu'elle a acheté un petit haut

Il était joli, il lui allait bien.
Il n'était pas très cher.
Au moins trois bonnes raisons de l'acheter.

Alors, pour faire court :
Elle l'a porté, une fois.
Elle l'a lavé, une fois.
Elle l'a séché, une fois.
Elle n'aurait pas dû.

Rétréci, foutu.

… qu'il l'a embrassée

C'était fin août.
Elle s'en souvient comme si c'était hier.
Ils ne se sont rien promis.

Ils avaient passé un bout de l'été ensemble. Elle, dans la maison de vacances de ses grands-parents. Lui, au camping *Les Goélands*. Il faisait partie d'un groupe de jeunes, mixte mais à dominante masculine. Ils s'étaient rencontrés à la plage. Elle était avec sa cousine depuis le début du mois de juillet et elles commençaient à désespérer : leurs séances de bronzage et de baignade se soldaient toujours par un retour bredouille à la maison (aucun garçon intéressant dans leur filet), et des sorties le soir que toutes les deux. Et puis, le groupe était arrivé. Des jeunes partis en vacances avec leurs parents respectifs, mais vivant en totale indépendance. Dix-sept ans, comme elles. Rapidement, le groupe avait intégré le duo et, de regards en sourires, de sous-entendus en rougeurs, ils s'étaient rapprochés. D'abord, assez timidement, puis de moins en moins…

Il l'avait embrassée par surprise, alors qu'ils sirotaient une bière, dans la douceur du troisième soir. Elle avait ri, mais elle était déjà complètement sous le charme, avec les jambes qui grelottent et les mains moites. De toute façon, elle en était sûre : elle était tombée amoureuse de lui dès qu'elle avait croisé ses yeux bleus et son sourire craquant. Alors, quand il avait montré de l'intérêt pour elle, plus que pour sa cousine à la poitrine généreuse, elle n'avait plus pensé qu'à lui. Le jour, la nuit, autant dans ses rêves nocturnes que ses songes éveillés, un sourire béat au coin des lèvres. Manque d'appétit, réponses à côté des questions posées… personne ne s'y était trompé, pas même son grand-père, ému de son émoi. Elle était donc amoureuse pour la première fois de sa vie. Il était beau, il était sexy, intelligent quand même, et dans ses yeux elle se sentait belle.

Ils passaient pas mal de temps avec les autres, mais le plus souvent ils restaient rien que tous les deux. C'est dans ses bras qu'elle a découvert le corps masculin. C'est avec lui qu'elle a surpris la puissance inattendue de fougueux baisers. C'est avec lui qu'elle a éprouvé du désir pour la première fois, et l'envie d'aller plus loin. Envie qu'il partageait. Donc, c'est avec lui qu'elle l'avait fait. Oui, sa première fois, dont elle se souviendrait toute sa vie, c'était avec lui. Elle ne le regretterait pas.

D'ailleurs, aujourd'hui, elle y pense encore… Et surtout, elle repense à ce baiser, leur dernier baiser. Quand il a dû repartir, que ses parents l'attendaient dans la voiture et que sa petite sœur pestait pour l'embêter. Mais ça n'avait pas gâché leurs adieux. Il s'était éloigné d'eux pour mieux lui dire au revoir. Au revoir, ou adieu… Ils ne se sont rien promis. Ils n'avaient pas envie de gâcher leur amour d'été par des questionnements et des discussions inutiles durant l'année scolaire, de s'envoyer des messages, qui se seraient taris ou alourdis de reproches. Quoi qu'il en soit, son cœur se serre toujours en pensant à lui, et elle ne peut s'empêcher de souhaiter qu'il revienne l'été prochain. Après tout, il sait où la retrouver. En attendant, elle espère, et se souvient…

… qu'elle s'est trouvée jolie

C'était il y a une bonne quinzaine d'années.
Un vague héritage du passé.
Depuis, elle ne s'aime pas.

Elle se souvient de cette photo de vacances. C'est la dernière fois qu'elle s'est trouvée jolie. Elle avait quarante ans. Quand elle était jeune, elle était jolie tout court, même si sa mère ne le lui disait jamais de peur qu'elle prenne le melon et fasse sa midinette. Avec la puberté, ça s'était gâté… Moins fine, des formes pas forcément là où il faut… Elle se disait qu'elle était un peu l'antithèse de ce qui plaisait aux garçons. Mais elle restait plutôt jolie, son visage aidant. C'était peut-être grâce à ses yeux bleus d'un bleu banal-certes-mais-bleu, son ovale tirant vers le rond selon les époques mais plutôt harmonieux, son nez fin, sa peau plutôt hâlée en été, ses longs cheveux naturellement blonds… un ensemble pas désagréable à regarder. Apparemment. Elle avait été assez jolie pour plaire quand même aux garçons et même à certains hommes… Mais pas trop pour faire partie de ces femmes pleines d'assurance auprès de la gent masculine… Elle n'en a ni joué ni (encore moins) abusé.

Après ses grossesses, à mesure que les kilos prenaient le pouvoir sur son corps, elle s'est découvert de plus en plus de défauts, de complexes, et elle s'est trouvée de plus en plus moche. Parfois, devant la glace, elle parvenait à retrouver quelques souvenirs de sa beauté d'avant, mais sur les photos, en général, elle ne voyait que le gras. Le gras qui prenait le dessus, alors même qu'elle luttait contre lui depuis des décennies – et c'était bien le problème, puisque, à force de régimes et poids en yo-yo, elle avait accumulé tous les kilos qu'elle n'aurait pas pris sans eux. D'année en année, se montrer devenait de plus en plus difficile. Se mettre en maillot de bain la gênait, pour aujourd'hui la révulser…

Jusqu'à cette photo, la dernière où elle s'est trouvée encore un peu jolie. Si on s'en tenait au visage, on ne voyait pas trop ses défauts. Le reste prenait bien trop de place. Elle avait du mal à réaliser que c'était son vrai corps, dans la glace elle ne se voyait pas si grosse. Est-ce que les gens la voyaient comme elle était sur les photos ou comme elle était dans la glace ?

Et puis un jour, même la glace n'a plus menti. Elle n'a plus eu qu'une envie : ne plus se regarder, ne plus être sur les photos. Comme un profond rejet d'elle-même, comme une négation de ce qu'elle était devenue. Comme si chaque confrontation à son image lui rappelait l'échec de toutes ses tentatives, sa honte et sa nullité.

À cinquante-cinq ans, elle a presque fait le deuil de celle qu'elle était. Elle avait été jolie. Peut-être que ce n'était déjà pas si mal.

… qu'elle a suivi un conseil

En bonne indécise, elle avait toujours été du genre à demander l'avis des autres.

Ce qui s'avérait rarement probant, étant donné la divergence des points de vue.

Et puis il y avait eu ce conseil…

C'était comme ça : toute petite déjà, elle avait du mal à choisir, à prendre des décisions. Pour sa tenue du jour, pour le steak-frites ou nuggets-frites dans son menu enfant, pour l'illustration de ses poésies, pour accepter ou non un jeu avec les autres… Ado, elle hésitait toujours. Pour savoir si elle devait sortir avec ce garçon, pour son orientation, pour le choix d'un film, pour l'achat de ses fringues… Elle voulait toujours connaître l'opinion des autres. Est-ce qu'il était bien ? Ne devait-elle pas plutôt emprunter une voie scientifique ? Est-ce que cette robe lui allait bien ? Cette comédie romantique ou ce film d'action ? Adulte, elle hésitait toujours. Sur le choix d'un métier, d'une entreprise, de celui qui pourrait être l'homme de sa vie, du meilleur moment pour mettre un bébé en route, de rompre avec une personne jugée toxique. Indécise, oui.

Elle interrogeait ses amis, ses proches, recueillait

des avis qui pouvaient être contradictoires. Mais elle avait tendance à se fier à chacun, surtout au dernier. « Il a raison », ne pouvait-elle s'empêcher de penser, prête à tout remettre en question. Elle était souvent perdue. Rarement éclairée.

Jusqu'à ce fameux jour.

Elle devait prendre une décision. Encore une. De celles qui comptent beaucoup dans une existence. Son mari souhaitait changer de vie. Partir. Larguer les amarres. S'installer loin. Démarrer une nouvelle vie à l'autre bout du monde. Une lubie ? Non. Un rêve. Un rêve qu'ils accompliraient à quatre ou rien. Il s'en remettait à son choix. Elle a ressenti une sorte de vertige. Elle a procédé comme à son habitude : elle a demandé l'avis de tous. Parfois, on le lui a donné avant même qu'elle formule sa question. Chacun y allait de son argument. Il y avait le camp des pour, le camp des contre. Les enfants étaient dans le premier, ses parents dans le second, les amis et le reste de la famille se répartissaient trop équitablement sur les deux équipes. « C'est génial ! » / « Mais tu vas faire quoi ? » / « Tu vas t'ennuyer, sur ton île » / « Tu seras seule » / « Il fera beau et chaud toute l'année ! » / « Et s'il t'arrivait quelque chose, où est l'hôpital le plus proche ? » / « Quelle chance de vivre au paradis ! » / « Les fruits exotiques sont tellement meilleurs que chez nous » / « Qu'est-ce que vous allez faire de la maison et de vos meubles ? » / « C'est le moment ou jamais, les enfants sont encore petits, mais pas trop ! » / « Il n'y a pas des requins, là-bas ? »...

Que devait-elle faire ? Elle était encore et plus que jamais perdue. Elle s'en est ouverte à sa meilleure amie qui lui a dit en substance : « Il faut que tu arrêtes ça. Cesse de choisir en fonction des autres ! Surtout que chacun ses goûts, chacun son avis. Et si tu t'écoutais toi, pour une fois ? Et si tu écoutais ton cœur, les sursauts de ton esprit, en toute indépendance ? Tu dois faire le vide en toi et te libérer de l'opinion des autres. C'est ta vie, c'est toi la cheffe ! C'est à toi de décider en ton âme et conscience. Et le meilleur outil pour ça, c'est de suivre ton intuition. »

Et c'est le meilleur conseil qu'on lui ait jamais donné.

Sa réponse au rêve de son mari a été : « D'accord, mais dans deux ans. » Le temps de mûrir le projet et d'être prête à franchir le pas. Elle s'était écoutée, elle.

Depuis ce jour, elle agit ainsi. Pour tout. Librement. Loin du regard des autres, du qu'en-pensera-t-on. Savoir ce qui est bon pour soi. Ne s'en remettre qu'à soi-même. Choisir son chemin de vie avec, pour guide, sa seule intuition.

… qu'il a vu sa meilleure amie

Ils avaient passé la soirée chez lui.
Le lendemain, elle devait aller à un concert.
Il ne l'a jamais revue.

Elle était arrivée avec une bouteille de rhum et de la menthe, pour faire des mojitos. Il avait commandé des pizzas. Une soirée comme ils les aimaient, à rire, à écouter de la musique, à se raconter leurs dernières péripéties, à refaire le monde, à imaginer leur vie dans dix ans, quand ils seraient plus mûrs et surtout parents. Elle ne le voyait pas père du tout. Trop gamin, trop inconséquent. Il avait beaucoup de mal à l'imaginer avec le ventre rond. Ils se charriaient, ils se poussaient du coude, et le mojito virait par-dessus bord. Après tout, ils avaient la vie devant eux.

Elle lui a parlé du concert du lendemain. Elle était tellement contente de remplacer au pied levé une copine de la fac ! Surtout que, dans la bande, il y aurait le mec qui lui plaisait beaucoup. « Vendredi 13, c'est jour de chance ! », il avait dit. Elle avait ri, croyant volontiers à ce genre de superstition si elle pouvait lui être profitable et lui permettre de réaliser le souhait du moment. Il avait croisé les doigts pour elle, et elle avait touché du bois. Quand il y repense, après coup…

Le lendemain soir, quand il a compris le drame qui se jouait en direct, il a failli faire un malaise. Il a tenté un premier appel. Il est sorti du bar, a couru jusque chez lui pour s'enfermer et essayer, tant bien que mal, de gérer l'angoisse qui lui rongeait le cœur. Les yeux sur l'écran, le cœur battant devant l'incroyable. Comme un cauchemar, mais trop réel. Il a multiplié les SMS, les appels, au milieu des sanglots. « Dis-moi que tu vas bien. » « Dis-moi que tu es en vie. » Les minutes sont devenues des heures et elle ne réagissait pas. Il n'a pas osé appeler ses parents. Savaient-ils seulement qu'elle se trouvait là-bas ? Il ne se voyait pas leur apprendre.

Il a passé une nuit d'horreur. La pire de sa vie. Le lendemain, il espérait encore… un peu. Elle était peut-être simplement blessée, hospitalisée… opérée… en réa… Tout, mais pas morte. Il avait croisé les doigts… Ce geste superstitieux un brin puéril et d'aucune utilité auquel on ne l'y reprendrait plus jamais.

Il y avait encore une once d'espoir, douloureuse comme l'attente… jusqu'à l'appel de sa sœur, dévastée. Elle pleurait, il a compris. Il n'a pas trouvé les mots. Les mots qu'il aurait voulu prononcer n'étaient pas dans le dictionnaire. Il a raccroché, il s'est laissé tomber au sol.

Depuis, il se souvient de tout, mais surtout de leur dernière soirée. Leur dernier moment ensemble. Leurs rires insouciants, leurs rêves d'avenir assez flous. Finalement, il n'y a que lui qui en aura un, d'avenir, et il a encore du mal à y croire.

… qu'elle est partie en voyage organisé

À la base, ça devait être une bonne idée.

Sur le papier, c'en était une : le voyage s'annonçait merveilleux.

Mais sur le papier, les compagnons de voyage ne sont pas indiqués…

Elle voulait voir du pays. Rêvait de grands espaces. Mais elle était célibataire et ne se voyait pas partir seule. Trop dangereux, trop froussarde. Alors, elle s'est dit qu'en groupe, ce serait mieux. Logique. Elle a trouvé cette agence de voyages qui proposait un séjour tout compris à un tarif défiant toute concurrence. Le Grand Ouest américain lui tendait les bras. Depuis le temps qu'elle s'imaginait chevauchant un mustang dans le Wyoming ou face au Grand Canyon… C'était forcément un signe du destin.

Elle était déjà partie en groupe. C'était un trek avec nuits en refuge et tout le toutim. Le groupe était sympa, ils avaient vécu une belle expérience en pleine nature. Ils étaient sur la même longueur d'onde. Une évidence.

Quand elle a vu ses compagnons d'aventure, à l'aéroport, elle a également éprouvé une sorte d'évidence… mais pas la même : ça n'allait tout simplement pas le faire. Elle avait du flair pour ces choses-là. Le trajet en avion, celui en car, la soirée à l'hôtel… tout lui a très vite donné raison. Ce n'étaient pas des personnes, c'étaient des caricatures. Elle avait eu droit à tout. À croire que les organisateurs avaient fait passer des castings pour dénicher la perle rare de chaque défaut existant, l'individu médaille d'or de sa catégorie. Il y avait le radin qui ne voulait pas débourser un centime de plus ; la bimbo, juchée sur des talons vertigineux peu adaptés au voyage ; le dragueur tous muscles dehors ; la snob qui toise la planète ; le Monsieur-je-sais-tout qui donne des leçons au guide ; l'ado rebelle complètement *geek* qui n'a que « putain » à la bouche ; la phobique qui n'aurait pas dû venir ; le fêtard qui met tout le monde en retard le matin et qu'il faut sortir du lit ; l'étourdi qui sème ses affaires dans chaque hôtel ; l'hypocondriaque qui veut trouver une pharmacie au milieu d'un parc national et le sempiternel râleur que tous ces gens inspirent beaucoup. Une belle galerie de portraits ! Hauts en couleur.

Elle ne savait pas trop dans quelle catégorie elle avait concouru. Elle se trouvait « normale », bien que non dénuée de défauts.

La semaine avait été à l'image des personnes en présence : un kaléidoscope de saynètes de vaudeville, où chacun joue son rôle à la perfection. Lequel décrocherait le Molière du pire touriste ?

Ils lui avaient gâché ses vacances. Tous, sans exception.

Une chose était sûre : c'était son dernier voyage organisé.

… qu'il a vu le chat de la maison

C'était il y a près de six mois.
Il n'est jamais revenu.
Mais lui, il espère encore.

Il s'appelait Blue. C'est lui qui l'avait trouvé, lui qui l'avait baptisé (il venait d'apprendre les couleurs en anglais et était très heureux d'en faire quelque chose, même si White aurait mieux convenu… c'était l'année des B).

La première fois qu'il l'avait vu, ils se promenaient en famille dans la forêt. Des miaulements les avaient interpellés et il l'avait aperçu dans un fourré. Abandonné là, le petit chaton n'aurait pas survécu. Sitôt découvert, sitôt adopté. Il avait rejoint chez eux la chienne et le lapin. Toute la famille, mais surtout lui, avait pris soin du petit chat dont la santé n'était pas brillante. Du haut de ses sept ans, il s'était autoproclamé soigneur en chef de Blue, et avait pris son rôle très au sérieux.

Les mois passant, Blue était devenu un chat magnifique, le complice des deux autres bêtes de la maison et la coqueluche de la famille. Comme tout félin qui se respecte, il passait ses journées entre siestes sur le canapé, repas, virées dans les jardins, câlins et ronronthérapie.

Le garçon a grandi, le chat un peu moins, mais ils ont tous les deux pris des années et leur complicité ne s'est jamais démentie. Quand ils ne dormaient pas ensemble, le chat était toujours là pour se faufiler dans la chambre de l'adolescent à son réveil, et c'était lui qui administrait le dernier câlin du soir à Blue. Ces deux-là étaient inséparables. Personne dans la famille n'osait envisager le jour où le chat serait vieux et qu'il faudrait se préparer à la vie sans lui.

Finalement et malheureusement, ce jour qui paraissait lointain est arrivé plus vite que prévu, bien avant que Blue ne soit devenu un vieux chat malade. Un jour d'été, Blue n'est pas rentré. Ce n'était pas dans ses habitudes. Ils se sont dit, pour ne pas s'inquiéter : « Il est parti en vadrouille avec des copains. » Le lendemain, point de Blue. Ils ont essayé de se rassurer : « Il a dû se faire enfermer quelque part. » C'est vrai, après tout, c'est assez fréquent qu'un chat se faufile dans un garage et s'y retrouve coincé. Pour autant, l'inquiétude augmentait, et ils ont fait le tour du quartier, affichettes avec photo en couleur du chat à la main. Ils sont rentrés chez eux, bredouilles et le cœur serré. Surtout le sien à lui.

Les jours suivants, ils ont poursuivi et élargi les recherches. En vain. Ils l'attendaient tous, avec de moins en moins d'espoir, le cœur en miettes de ne pas savoir ce qui avait pu arriver à leur boule de poils à ronrons… Était-il mort, enfermé quelque part ? Avait-il été volé, écrasé, empoisonné ? Ce dont ils étaient certains, c'est que si Blue avait été libre et sauf, il serait revenu. Jamais il ne les aurait abandonnés.

Cela fait des mois que le chat ne vit plus parmi eux, et lui ne peut s'empêcher de l'attendre, de l'appeler dans le jardin, et de trouver très tristes les couchers et les réveils sans l'ex-petit chat blanc de la forêt… au drôle de nom de Blue.

… qu'elle a fait des folies

Elle était énervée.

Dans ces cas-là, elle a un remède.

Elle fait une descente à haut risque dans les boutiques.

C'est toujours la même chose… Elle entre dans les magasins comme un shérif victorieux dans un *saloon*, la poitrine conquérante, le sourire carnassier. Elle fait main basse sur ce qui l'attire, la peau aux vêtements récalcitrants, dégaine sa carte bleue, pourrait mettre en joue la vendeuse. C'est une vraie *killeuse* !

Ça fait du mal à son porte-monnaie, mais ça lui fait du bien au moral, au moins le temps que dure sa séance de shopping. Parfois, le moral dégringole après, à la vue de son relevé de compte. Mais sur le moment, c'est tellement jouissif ! « Pardon, mais c'est trop bon », a-t-elle envie de dire, avec un petit air contrit.

La dernière fois que cela s'est produit, son petit ami lui avait posé un lapin. Quand elle a eu l'audace de lui demander une explication, il l'a larguée par SMS. Alors oui, elle était énervée. Il y avait de quoi. Elle a commencé sa tournée du centre-ville par un salon de coiffure. Changer de coupe, ça revigore. Et elle a égrené son chapelet de boutiques favorites. La carte bleue est devenue rouge, tant elle chauffait. L'argent coulait à flots entre ses doigts.

De retour chez elle, les bras débordant de paquets, elle a eu un sursaut de conscience. Elle s'est dit qu'elle avait peut-être un peu abusé... Son banquier n'a pas tardé à le lui confirmer. Ses comptes comme sa carte étaient dans le rouge. Cette fois, le jeu n'était plus très drôle. Elle était à découvert, elle risquait l'interdit bancaire... Adieu chéquier et carte de crédit ? C'était la fin des haricots... Il a fallu qu'elle supplie, qu'elle fasse appel à une amie... Promis, cette fois, c'était la dernière fois.

Depuis, elle se tient à carreau. De toute façon, elle a de quoi s'habiller pour quelques années.

À présent, quand elle est énervée, elle s'enfile un litre de glace *Pralines and cream.*

C'est moins cher, son banquier préfère.

… qu'il a senti sa présence

C'était il y a plus d'un an.
Il savait que c'était lui.
C'était la troisième fois qu'il lui *rendait visite.*

La première fois, c'était deux mois après son départ. Il ne s'en remettait pas. Une nuit, il s'était réveillé en sursaut, et il était là, assis au bout du lit. Il lui souriait. Et c'était comme s'il lui parlait. Il avait compris le message qu'il voulait lui transmettre. C'est pour cela qu'il était revenu. Pour lui dire : « Un jour, ça ira mieux… » et « Je suis toujours là ». Il en avait été très légèrement rassuré. Mais cela ne l'avait pas aidé à aller mieux ni à vivre. Il se sentait si seul sans lui.

La deuxième fois, il se promenait autour de leur parc préféré. Il avait d'abord cru le voir assis sur un banc, face au lac, là où ils aimaient se poser pour converser. De loin, il s'était dit que non, que c'était simplement une personne qui lui ressemblait. Les mêmes cheveux poivre et sel, la même silhouette. Dans le doute, il s'était approché. Les contours étaient flous et flottants, mais c'était bien lui. Qu'importe si ce n'était qu'une hallucination : il semblait si heureux de le voir ! Il avait eu un regard glissant comme une caresse sur lui. Un frisson l'avait parcouru. Il avait senti comme un nuage d'amour les envelopper. Quelques secondes de douceur qui réchauffent, et puis s'en vont. La déception que ce fût si court, mais la joie d'un cœur qui revit au contact de l'être cher et perdu. Quelques secondes d'amour. Comme un bonus.

La troisième et dernière fois, c'était chez eux. Bien plus tard. Il était dans le canapé. Il allait mieux. Enfin. Il avait senti une présence près de lui. Invisible, mais si forte, qu'il avait compris que c'était à nouveau lui. Il avait senti une chaleur sur sa main, un baume apaisant, et entendu une voix lui dire « ça va aller, maintenant ».

Rêve ou réalité, il était à la frontière. Il a su qu'il ne reviendrait plus. Qu'il lui disait au revoir. Une dernière fois. Qu'il allait s'effacer pour le laisser vivre sans lui.

Il était prêt. Il le savait.

… qu'elle a vu ses amis

Ils s'étaient vus comme d'habitude.
Elle ne les a plus jamais revus.
Elle ne sait toujours pas pourquoi.

Avant, ils étaient proches. Ils avaient partagé tellement de choses ensemble ! Des footings, des soirées, des week-ends, des vacances, des cours de danse, leurs mariages respectifs, et plein de confidences… C'étaient des amis.

Et puis sa vie à elle a un peu changé. Mais elle était restée elle-même, ou l'était devenue plus encore, et c'était bien l'essentiel. Peut-être n'ont-ils pas apprécié que l'immuable ne le soit pas, peut-être l'ont-ils (mal) jugée, peut-être se sont-ils lassés. Peut-être que…

Ils se sont un peu éloignés. Les coups de fil s'espaçaient, les messages étaient moins chaleureux, les voix aussi. Comme s'ils faisaient un effort, comme si cela leur coûtait. Ils se voyaient moins souvent, et en général plus chez eux. C'était plutôt en terrain neutre. Genre au restaurant. Les conversations étaient moins naturelles, les gestes moins spontanés, un certain malaise était palpable. Elle ne comprenait pas pourquoi.

Et puis un jour, ils n'ont plus répondu. Ni aux

messages, ni aux appels. Ils ont fait les morts. Elle ne comprenait décidément pas pourquoi. Elle n'avait pas changé, alors qu'est-ce qui avait changé ? Était-ce sa faute à elle ? La faute à la vie ? Est-ce le cours normal des choses ? Est-ce qu'une amitié de plus de dix ans est forcément vouée à se terminer un jour ? Est-ce que cela voulait dire qu'ils n'avaient pas été sincères ? Est-ce que…

Elle s'en est posé des questions. La dernière fois qu'elle les avait vus en pensant qu'il y aurait une prochaine fois était en réalité la toute dernière fois. Peut-être que si elle l'avait su, elle leur aurait dit quelque chose de différent, peut-être qu'elle les aurait regardés avec plus de profondeur… peut-être qu'elle n'aurait pas fini par son habituel « à bientôt ».

Depuis, elle se dit juste que ce n'étaient pas de vrais amis. Que les vrais amis le restent. Qu'ils ne sortent pas de votre vie pour de mauvaises raisons. Parfois, elle les recroise, mais juste dans ses rêves, et souvent c'est comme si rien n'avait changé, comme quand ils étaient encore amis.

… qu'il est allé à la mer

C'était aussi la première fois.
Ils ne partent jamais en vacances.
Heureusement, grâce à l'association, il a pu y aller.

Il ne connaissait des paysages que les murs gris de la banlieue. Ses parents n'ont pas de voiture, pas assez d'argent pour partir en vacances. Son père a un travail, mais pas tout le temps. Les vacances, c'est pour les autres.

Son quotidien, c'est l'enfermement. Il se sent terré, obligé de ne fréquenter que trois lieux autorisés : son appartement où ils s'entassent à six dans un trois-pièces, la place en bas de l'immeuble, et l'école. L'école ? Il y va par obligation aussi. Et pour ses parents, qui pensent que son salut n'arrivera que par là, parce que l'éducation c'est important, et la culture aussi… et que ce ne sont pas les trafics en tous genres qui vont le faire bien grandir. Mais lui, il n'aime pas spécialement l'école. Il ne croit pas trop à ses bienfaits. Heureusement, il y a les copains. Ça compte, et ça permet de mettre un peu de rire dans cette vie pas très drôle.

Depuis un an, il sait ce qu'il y a au-delà des tours et du gris de la ville. Il est sorti des murs de sa prison pour une journée de permission. C'était l'été dernier. Grâce à l'association « Sors de ta banlieue », il a fait partie du groupe des jeunes qui sont partis en car pour passer une journée à la mer.

La mer, il ne l'avait vue qu'en photo et dans des films. Il était content d'y aller. Évidemment. Déjà, le trajet en car lui a permis de découvrir de ses yeux un autre monde. Celui qu'il n'avait vu qu'à la télé. Ils ont traversé des villes et surtout des campagnes, des forêts. Il a vu des maisons avec jardin, des zones commerciales modernes. Il a vu des couleurs comme jamais.

Ils sont arrivés sur une plage de Normandie. Ils se sont élancés sur le sable en criant, courant difficilement vers la mer. Ont enlevé leurs chaussures et leurs vêtements, pour partir à l'assaut des vagues. Les adultes tentaient de réduire le niveau sonore mais pas l'enthousiasme. C'est sûr qu'ils ne passaient pas inaperçus.

Lui, il n'a pas fait pareil que les autres. Il a d'abord regardé partout autour de lui, il a pris le temps d'observer les gens, et surtout le ciel et ses petits nuages moutons sur fond bleu, à perte de vue. L'horizon n'avait jamais été aussi loin. Et plat. Il avait appris à l'école qu'en face, tout là-bas, c'était l'Angleterre. Il se prenait à rêver qu'en fixant très fort devant lui, il pourrait la distinguer. En fait, non, mais tant pis. Il trouvait ça beau. Il regardait ses copains s'ébrouer et s'éclabousser. Il se demandait s'ils avaient vraiment vu tout ce qu'il y avait à voir. Il s'est rapproché d'eux, les a rejoints. S'est amusé aussi.

Ils ont pique-niqué sur la plage et ils ont même acheté des glaces. C'était la fête.

Quand il a fallu partir, tandis que les copains chahutaient dans le car, lui, il regardait la mer. Autant que possible, jusqu'à ce qu'il ne puisse plus la voir. Il voulait absorber la lumière qui scintillait sur l'eau et la ressentir jusque chez lui au moins, et pour très longtemps.

Depuis, il ne rêve que d'y retourner. Quand il sera grand, il partira en vacances à la mer avec ses enfants. Il se l'est promis.

… qu'elle a passé l'aspirateur

C'était il y a deux heures.
Et c'est déjà sale.
Il faudrait recommencer…

Comme chaque samedi, elle a fait toutes les pièces de la maison : 140 mètres carrés de meubles à dépoussiérer, de carrelage et de parquet à aspirer et serpillier. Tout ça pour quoi ? Pour qu'une heure plus tard, le chien entre avec ses pattes sales dans la pièce principale et qu'on puisse suivre ses traces du salon à la cuisine, sans parler des poils qu'il sème partout. Re-aspirateur, re-serpillière… Et puis quoi encore ?

Elle n'en peut plus. Personne dans la famille ne respecte son travail. C'est à qui fera le moins attention. Elle est un peu la bonne de la maison. Celle qui doit faire les courses, la cuisine, la vaisselle, le ménage, les lessives… Son mari est à l'ancienne (il ne l'aide en rien), ses enfants sont j'm'en-foutistes (ils ne l'aident guère plus), et les animaux… des animaux : forcément insensibles à ses problèmes domestiques.

Elle en a assez de cet éternel recommencement des tâches ménagères. Sitôt fini, il faudrait tout recommencer. Pareil pour le linge. Pareil pour la cuisine. Toujours se demander quoi cuisiner, et puis faire avec les goûts et intolérances de chacun. Les joies de la femme au foyer… qui en plus travaille ! Et pas de « merci ». Comme si c'était un dû. Comme si c'était normal. Alors qu'elle doit penser à tout, aux autres, et tout faire toute seule… Passer après, voire s'oublier, pour le bien de la communauté.

Elle n'en peut plus d'être au service des autres. Elle pense à faire grève. Qu'ils se débrouillent, tous ! Ils vont comprendre…

… qu'il l'a appelée

C'était il y a dix ans.
Il a encore sa voix dans l'oreille.
Il ne l'oubliera jamais.

C'est l'histoire d'un amour impossible. Ou maudit. Il s'est souvent dit cela, qu'ils étaient maudits. Que le destin était contre eux, que les instances d'en haut n'avaient pas eu pitié d'eux et ne leur avaient envoyé que des obstacles, que des épreuves. Que les hasards de la vie avaient toujours joué contre eux pour ne pas les réunir. Comme pour les punir de s'aimer.

Mais l'amour est toujours là, entre eux comme un fil invisible.

Ils s'étaient aimés follement dès leur rencontre au lycée. D'abord tout à fait platoniquement, puis ils avaient flirté. Ses parents à elle ne voyaient pas leur relation d'un bon œil. Surtout quand elle a dit vouloir se marier avec lui plus tard. « C'est l'homme de ma vie », répétait-elle avec une conviction vibrante. Mais ils avaient d'autres ambitions pour leur fille, il n'était pas de leur milieu. Ils ont déménagé pour les séparer. Qu'à cela ne tienne : ils s'écrivaient en cachette… Jusqu'à ce que ses parents interceptent les lettres qu'il lui envoyait et qu'elle croie qu'il s'était lassé. Elle ne lui répondait plus, elle ne l'aimait donc plus ?

Elle en a épousé un autre quelques années plus tard. Un choix de raison. Et lui a dû se résoudre à en faire autant. Ils ont eu des enfants, mais pas ensemble.

Quand il s'est trouvé veuf, assez prématurément, il l'a cherchée et l'a recontactée. Il ne l'avait jamais oubliée. Elle non plus. Mais elle n'était pas libre… Il l'a compris.

Quand, des années plus tard, elle a divorcé, dans le secret espoir qu'il l'ait attendue, elle l'a trouvé heureux en ménage. Elle en a éprouvé une grande douleur, mais elle l'a étouffée, et elle est repartie dans le silence. Puis elle a « refait sa vie », elle aussi.

Les montres de leurs vies n'ont jamais été synchrones.

Il y a dix ans, il l'a quand même rappelée. Juste pour l'entendre à nouveau. Discuter un peu. Lui dire qu'il ne l'avait pas oubliée et qu'elle restait et serait toujours l'amour de sa vie. Elle en a pleuré. Lui aussi. Ils n'ont réussi qu'à se promettre de se retrouver un jour… peut-être. Si le destin voulait bien leur octroyer ce droit.

Depuis, il ne vit que dans cette idée.

… qu'elle a eu un fou rire

C'est parti de rien.

D'ailleurs, elle ne se souvient plus de l'étincelle.

Elle se rappelle beaucoup mieux les conséquences…

C'était lors d'une réunion de travail hyper importante. Typiquement le genre de réunion qu'il ne faut pas rater, et où elle *ne devait pas se rater.* Il lui faudrait faire preuve d'un sérieux et d'un professionnalisme hors pair pour décrocher cet énorme contrat dont son patron lui rebattait les oreilles depuis des mois. Il lui avait mis une pression terrible et n'avait eu de cesse de lui seriner qu'elle jouait sa carrière. Elle avait donc planché des jours et des jours – et parfois quelques heures de la nuit – pour élaborer, étoffer, ajuster, peaufiner cette publicité qui devait faire un carton et remporter le marché face aux boîtes concurrentes. C'était donc une affaire très sérieuse, et elle s'était investie à la hauteur du défi qu'on lui avait lancé.

Le jour venu, elle avait enfilé son plus beau tailleur, ses plus belles chaussures et arboré son plus beau sourire. En vérité, elle avait un trac monstrueux. D'ailleurs, c'est peut-être pour cela que… Heureusement, quand le fou rire a surgi, elle venait d'achever sa présentation. Elle avait accompli sa mission. Mais bon… Quand elle a explosé de rire à la suite d'une remarque qu'elle a oubliée depuis, elle a rapidement senti que ce n'était pas du goût de tout le monde. Craquage en live, catastrophe atomique. Son patron oscillait entre ébahissement et œillades furibardes. Le client semblait interdit, son conseiller vaguement amusé. Ses collègues paraissaient hésiter entre envie de rire aussi (c'est quand même contagieux) et consternation totale, des fois que sa bourde fasse couler la boîte. « Je suis désolée, c'est nerveux », a-t-elle dit pour s'excuser (comme si cela pouvait suffire…). Elle est sortie dans le couloir pour se calmer. Elle a inspiré-expiré, longuement, a essuyé ses yeux embués de larmes couleur mascara qui dégouline, et a attendu un certain temps, tentée de se terrer dans son bureau, et de s'asseoir sous la table transformée en abri antiatomique. Mais cette attitude l'aurait certainement desservie : ne pas saluer le client aurait été le coup de grâce qu'elle se serait asséné à elle-même. Elle est donc revenue en salle de réunion, tête basse, s'est rassise à sa place en proférant des excuses, puis n'a plus rien dit, jusqu'au moment de la poignée de main finale. « Dans mon bureau, tout de suite », lui a lancé son patron dès le départ du client et de son conseiller.

« Une honte… inadmissible… image de la société… contrat raté… » Elle a passé un sale quart d'heure.

Le lendemain, son patron l'a fait revenir dans son bureau. Elle s'attendait à recevoir un avertissement, un blâme, ou pire… Le client avait choisi son projet. Elle avait eu envie de sauter au plafond, mais l'air sévère de son chef l'en avait dissuadée. « Je vous aurais félicitée s'il n'y avait eu ce triste fou rire... » a-t-il dit. Elle a baissé la tête. Ce n'était qu'une demi-victoire, et elle avait comme un goût amer.

Quelques jours plus tard, elle a reçu un bouquet de fleurs au bureau. Interloquée, elle a décacheté la petite enveloppe qui l'accompagnait. « *J'ai adoré votre rire... Depuis je ne pense qu'à lui. Accepteriez-vous de dîner avec moi ?* » Signé : le conseiller du client.

Aujourd'hui, ils vivent ensemble. Comme quoi, le fou rire peut avoir de drôles de conséquences...

… qu'il a ressenti le frisson de la victoire

C'était au championnat de France junior.
Il a battu son record.
Depuis il rêve d'un nouvel exploit.

Plus vite, plus haut, plus fort. Il ne perd jamais de vue cet idéal. Il vise l'Europe, le monde, les J. O. C'était son rêve de gosse. Il avait passé tellement d'heures devant les compétitions d'athlétisme à la télé. « Plus tard, moi aussi je serai un champion », disait-il souvent sous les regards bienveillants de ses parents. C'était une bienveillance sans illusions, il l'a su plus tard : ses parents n'y croyaient pas. Pour autant, ils l'ont suivi dans la concrétisation de son rêve : il s'est mis à l'athlétisme vers huit ans. D'abord, multi-discipline : de la course, du saut, des lancers… Puis une révélation. Une envie. Une évidence. Le saut à la perche. Les entraînements, de plus en plus fréquents, les compétitions. L'emmener un peu partout, partir tôt, le regarder, l'encourager, l'applaudir, le féliciter ou le consoler. Ils ont toujours été là.

Il aime l'athlétisme. Parce qu'il se bat à la fois contre lui-même et contre les autres. Parce qu'il y a toujours une marge de progression. Parce qu'il se shoote à l'adrénaline pendant les compétitions.

Il aime le saut à la perche. Le temps que cela prend. La barre qui monte toujours un peu plus haut. Les choix tactiques. Courir vite sur la piste d'élan. Viser le butoir. Décoller du sol. S'enrouler autour de la barre. Prier pour qu'elle ne tombe pas. Réessayer quand elle tombe. Viser plus haut.

La dernière fois, c'était au championnat de France. Il s'était mis une pression terrible. L'année précédente, il avait complètement raté. Il était passé à côté. Un jour sans. Alors il voulait sa revanche. Sa détermination pouvait se lire dans son regard un peu dur. Il était concentré comme jamais.

Il a fait l'impasse sur les premières barres. La compétition démarrait à 4,10 mètres. Il a choisi de s'élancer pour les 4,90 mètres. C'est passé tout seul. Ensuite, la hauteur augmentait de 5 centimètres en 5 centimètres. Il regardait les autres. Un certain nombre d'entre eux étaient déjà éliminés. Lui se sentait en grande forme et il connaissait ses capacités. Alors il a décidé de ne sauter ensuite qu'à 5,05 mètres. Il a manqué son premier essai. Petit coup de stress. Il savait qu'il pouvait le faire. Il a dû remobiliser toute son attention. Le deuxième a été le bon. Mais c'était passé du premier coup pour le seul adversaire encore en lice… Ils ont tous les deux choisi de ne pas sauter les deux barres suivantes et se sont retrouvés en duel à 5,20 mètres. Cela devenait sérieux. Il ne fallait pas trembler. La barre n'est tombée ni pour l'un ni pour l'autre. Le suspens restait entier. L'adrénaline se diffusait dans toutes les cellules de son corps. Il voulait gagner. Ils voulaient gagner tous les deux. Il savait qu'il pouvait faire bien mieux. Il avait sauté plus haut. Il a choisi d'économiser ses forces en ne tentant aucun essai à 5,25 mètres. Son adversaire, lui, voulait se mesurer à cette barre. Un saut. Deux sauts. Trois sauts… Chaque fois, la barre est tombée.

Il est donc en tête de la compétition. Il sera champion de France junior !

Mais, pour lui, ce n'est pas fini. Maintenant, tout se joue entre lui et lui. Il veut aller plus haut, décrocher une médaille à plus grande valeur. Et puis surtout, il n'a pas le droit de se louper sur la barre à 5,30 mètres. Elle passe du premier coup !

Il lui a fallu ensuite trois essais à 5,40 mètres… Il a eu très peur. Il visait le titre à cette hauteur, son record à l'entraînement. Il avait accompli sa mission.

5,45 mètres. Il n'avait jamais réussi à franchir une telle barre. Il savait qu'il vivait un moment fort de son début de carrière de sportif. Il voulait plus que tout décrocher ce sésame. Premier essai : raté. Mais il n'avait pas envie de s'avouer vaincu. Il voulait y croire. Tout est dans le mental, lui répète souvent son entraîneur. Il faut déjà une vraie conviction pour réussir. Et il a réussi. Au deuxième essai. Record battu ! Au meilleur moment ! Il était aux anges. Son entraîneur aussi.

Il n'est pas parvenu à franchir les 5,50 mètres. Mais cela n'avait aucune importance. Il a toute la vie, toute sa carrière, pour survoler cette barre et les suivantes.

Quand il est monté sur la première marche du podium et qu'on lui a passé la médaille d'or autour du cou, il a exulté. Il la tenait, sa revanche.

Et l'Europe lui tendait les bras.

… qu'elle a changé d'avis

Pas changé d'avis pour une broutille.

(Genre : elle a rapporté au magasin un vêtement qu'elle ne voulait finalement pas acheter et qui a toujours son étiquette.)

Non, vraiment changé d'avis, pour un truc important.

Cela faisait des mois qu'ils avaient pris leur décision… Enfin, surtout lui, au départ. Il lui avait fait sa demande au restaurant, genou à terre et petite boîte à la main. Comme dans les films, un peu trop cliché pour que ce soit vraiment surprenant, émouvant… Elle avait dit « oui », comme dans les films aussi. Elle l'aimait, il était le mari « idéal » pour elle (s'il y en avait un). Donc, elle avait dit « oui ».

Ils avaient cherché une salle, déterminé une date (dans cet ordre, pas dans l'autre), trouvé un traiteur, un thème, réservé un DJ, pris des cours de danse, choisi le menu, elle sa robe de mariée, lui son costume, envoyé les faire-part, sélectionné les fleurs, publié les bans, réfléchi au plan de table… Le parcours classique des préparatifs du mariage, un quasi-marathon, tête dans le guidon, les yeux sur l'objectif, sur le jour J, avec le but ultime : que tout soit fin prêt, que ce soit beau, qu'ils en mettent plein la vue aux invités et que la fête soit réussie.

Prise dans cette course effrénée, elle n'avait rien vu. Rien éprouvé d'autre que la frénésie, l'impatience, l'envie que tout soit parfait. Son cerveau était tout aux tâches à accomplir, consciencieux, volontaire. Son cœur s'était fait tout petit. Comme si on l'avait oublié là, sur la ligne de départ de la course. Mais d'un bond de géant, il a rattrapé tous les concurrents et s'est rappelé à elle à quelques mètres de la ligne d'arrivée. À quelques jours du mariage.

Tout était prêt. Il n'y avait plus qu'à effectuer le sprint final et franchir la ligne en levant les mains en l'air : *Ça y est, on est mariés, youhou !* Sauf qu'à quelques mètres, à quelques jours, elle s'est demandé si elle avait vraiment envie de gagner cette course… Elle était tentée d'abandonner.

Elle en a parlé à ses amies, qui lui ont dit, comme dans les films : « C'est normal, ça fait souvent ça aux futurs mariés. » C'est le stress, l'angoisse, le vertige devant la vie de couple au long cours qui s'annonce, le sérieux de l'engagement, le challenge de la fidélité… Elle a guetté des signes éventuels de doute chez son futur époux. Mais lui n'était qu'épanouissement. Il tenait le décompte des jours et la réveillait chaque matin en lui susurrant à l'oreille comme un bienheureux : « Tu te rends compte, ma chérie, plus que 6 (5, 4, 3, 2…) jours et on sera mariés ! »

Elle était consternée. Déboussolée. Désolée. Ne savait plus si son cœur s'était transformé en mauvais clown farceur ou s'il était sérieux. Sa meilleure amie lui conseillait de l'écouter, mais elle ne parvenait pas à savoir s'il lui envoyait une épreuve (un genre de bizutage intérieur) ou s'il l'alertait sérieusement pour la faire revenir sur la décision qu'elle avait prise au restaurant plus d'un an plus tôt. L'avait-elle seulement souhaité, ce mariage ? Ne s'était-elle pas laissé contaminer par l'enthousiasme amoureux de son petit ami ? Pire, n'avait-elle pas donné sa réponse machinalement ? (Surtout que, devant les gens du restaurant, un *non* aurait fait désordre !) Et s'ils avaient continué à vivre comme ils le faisaient jusque-là ? Qu'est-ce que cela changeait, au fond ? Étaient-ils vraiment obligés de se marier ? Elle commençait tout juste à se dire qu'elle n'en avait pas vraiment envie. Comme ça, à dix mètres de l'arrivée !

Et si elle osait abandonner, renoncer ? Elle craignait sa réaction à lui, celle de leurs parents, de leurs amis… Elle pensait à tous les frais engagés, à la fête qui ne serait plus, à la honte qu'elle aurait à assumer. Elle n'avait pas envie de quitter cet homme qui était le sien, marié ou pas… Elle ne voulait *juste* plus l'épouser… Elle s'en rendait compte un peu tard. En revanche, on lui avait toujours dit : « Mieux vaut tard que jamais. »

Donc, elle a bel et bien changé d'avis…

Alors, elle le lui a dit.

Et il ne l'a pas bien pris.

Depuis, c'est fini.

… qu'il a regardé les étoiles

Cela fait quelques années.
C'était avant qu'il ne puisse plus les voir.
Il aime à s'en souvenir.

Ils étaient tous les deux. Ils s'étaient échappés de la maison familiale à pas de loups et avaient gravi le talus au fond du jardin. S'étaient assis. Ils avaient contemplé la voûte étoilée dans un silence pur. Il avait essayé de se concentrer sur la beauté céleste, d'embrasser avec les yeux et l'esprit l'immensité bleue parsemée de fleurs scintillantes. Le ciel, ce soir-là, s'était montré particulièrement généreux : la Voie lactée était grandiose, les constellations faciles à décrypter. À ses pieds, son fils aussi semblait subjugué par le spectacle, l'impatience et la curiosité propres à son âge en plus. Il l'assaillait de questions. Alors, il avait pris le temps de lui expliquer les étoiles.

Il ne savait pas encore que c'était la dernière fois qu'il les voyait. Il savait juste qu'il s'apprêtait à faire une connerie.

Son fils a regagné la maison de ses petits pas mal assurés dans le noir, et lui est resté là, dans un tête-à-tête avec le ciel. L'infini lui était offert. Comme un feu d'artifice figé et silencieux, rien que pour lui.

C'est la dernière fois de sa vie qu'il s'est senti privilégié.

Depuis, chaque soir, il repense à ce moment. Quand il vivait avec le ciel au-dessus de la tête et qu'il était libre. Quand il pouvait tenir la main de son fils autrement qu'au parloir. Quand il n'était pas enfermé dans cette cellule qui le prive de tout, de la vie, de sa femme et de ses enfants. Et des étoiles. Parce que, quand il regarde le ciel, la nuit au travers de ses barreaux, seules les lumières de la ville lui répondent. Accès aux astres-fleurs-qui-scintillent interdit. Même quand la nuit est noire, il ne le sait pas.

Il se demande souvent quand il retrouvera les étoiles.

… qu'elle a entendu sa voix

C'était un appel ordinaire.
Trop, sans doute.
Si elle avait su…

Elle l'appelait souvent le dimanche. Pour qu'il lui fasse un résumé de sa semaine, pour qu'il lui raconte son week-end. Parfois à d'autres moments. Et lui aussi, il l'appelait de temps en temps. Pour une demande, un conseil, un petit bonjour. Ça sert à ça, une maman, même quand on est grand. Elle est forcément toujours là pour ses enfants. Même s'ils jouent les adultes et qu'ils s'assument.

La dernière fois qu'elle l'a entendu, c'était il y a plusieurs mois. Il allait partir en vacances avec des amis. Était en pleins préparatifs. Un peu pressé, un peu pressant. Il devait finir son sac, forcément. Elle l'a laissé couper court. Ne lui en a pas voulu… sur le moment. Elle lui a quand même renouvelé les conseils de prudence habituels, et glissé sa traditionnelle demande d'un message à son arrivée. Comme toujours.

Elle n'a pas ajouté « je t'aime ». Parce qu'elle ne le disait pas souvent, parce qu'elle n'avait pas de raison de le dire à ce moment-là. Mais tous les jours, depuis, elle regrette de ne pas le lui avoir dit. Tente de se consoler à l'idée qu'il le savait et qu'il a emporté son amour avec lui.

Il ne lui avait pas laissé de message, mais cela ne voulait rien dire. Ça aussi, c'était un peu une habitude : il n'y pensait pas toujours… Elle ne l'avait pas appelé. À quoi bon… Il devait être occupé avec ses amis.

Les gendarmes ont sonné à ce moment-là.

Il avait été prudent… C'est ce que les gendarmes ont dit. Mais, à moto, ça ne suffit pas toujours d'être prudent. Elle avait eu envie de rouer de coups de pied cet engin de malheur. Combien de fois elle avait essayé de le faire renoncer à son idée de passer le permis, puis d'avoir une moto… Combien de fois elle s'était dit qu'il y avait plus de risques, et qu'elle ne pouvait imaginer que ses projections funestes deviennent réalité. Et pourtant, si : comme dans ses sombres pensées, les gendarmes sont venus frapper à sa porte. Elle a vu leur mine déjà pleine de compassion, elle a très vite compris. Mais sans comprendre, en fait. Parce que la réalité de la perte est toujours pire que dans votre imagination. Parce qu'elle se rappelle à vous dans chaque parcelle de quotidien. Parce qu'il a toujours sa chambre d'ado en haut et qu'elle va y pleurer tous les jours.

Quand elle repense à leur dernière conversation, elle a tous les regrets du monde parce qu'elle n'a pas eu le temps de lui dire toutes les choses qu'elle aurait voulu, en plus du « je t'aime » qui ne lui était pas venu à l'esprit à ce moment-là. Elle aurait voulu lui dire à quel point elle avait été fière de lui, à quel point il l'avait rendue heureuse, à quel point elle espérait avoir été une « assez bonne » mère pour lui… savoir ce qu'il en pensait, au final… Elle ne le saura jamais. Il est parti trop vite en emportant avec lui des questions sans réponses et des paroles sans oreilles. Elle essaie de lui transmettre tout cela quand elle va se recueillir sur sa tombe. Elle lui parle. Au fond de son cœur, il lui semble qu'il lui répond.

Elle pense aussi, presque perpétuellement, à toutes les dernières fois qu'il a vécues sans le savoir. Le dernier matin, le dernier Noël, le dernier baiser à sa petite amie, le dernier repas, la dernière fois qu'il a mis son casque sur la tête et qu'il a baissé la visière. Elle se repasse tout ça comme dans un film. Souvent aussi, elle imagine la vie qu'il aurait eue après. Il était à l'âge de tous les possibles. Il avait la vie devant lui. Mais il a trouvé la mort sur la route des vacances. Parce que, en face, on a préféré envoyer un texto que d'être prudent.

… qu'il a dit un secret

Il avait un secret trop lourd à porter.
Alors il en a parlé à son meilleur copain.
Mais lui, il l'a répété !

Elle lui avait dit de n'en parler à personne. À personne, personne, et surtout pas à son père. Alors, lui, il s'était tu. Longtemps. Parce qu'il est obéissant. Et parce qu'il était sûr qu'on ne le croirait pas. Surtout son père. Il faut dire qu'elle jouait bien la comédie, quand il était là : elle lui souriait, elle lui passait la main dans les cheveux, elle le servait correctement à table, elle lui racontait une histoire le soir (une courte, mais quand même, ça faisait bien), elle l'habillait et le coiffait convenablement pour aller à l'école… Mais quand son père était absent – parce qu'il partait sur les routes dans son camion – c'était l'autre femme qui apparaissait, comme le masque derrière la tête qui revient sur le visage. Et là, plus de sourires, plus de gentillesse, plus de comédie. La belle-mère de Cendrillon, à côté, c'était Mary Poppins. Elle lui parlait mal, elle le regardait, un sourire sadique aux lèvres, comme un insecte misérable qu'elle avait envie de tuer d'une pichenette. Elle était trop maligne pour lui porter de vrais coups qui auraient laissé des traces, mais elle lui infligeait des sévices invisibles qui creusaient des sillons dans son cœur de jeune garçon. Elle lui faisait prendre des douches glacées ou bien brûlantes ; elle le forçait à manger par terre quand elle voulait bien le nourrir, assis près de la gamelle du chien, dans la crasse ; elle le privait de repas ensuite (mais jamais deux fois d'affilée, pour ne pas qu'il maigrisse trop) ; elle le pinçait, le giflait… juste assez pour que les marques s'effacent rapidement ; elle l'insultait, le menaçait, lui disait des choses horribles, au point qu'il en faisait des cauchemars ; et s'il osait la réveiller par des pleurs la nuit, elle l'assommait à coups d'oreiller en le traitant de tous les noms.

Il vivait un cauchemar que tous ignoraient. Ou presque. La maîtresse avait eu des doutes, elle l'avait dit plus tard. Elle avait remarqué des petites choses, et puis, surtout, c'était un enfant « de plus en plus triste ».

Un jour pire que les autres, il a vomi son secret aux oreilles de son copain. Il lui a révélé ce qu'il se passait chez lui quand son père n'était pas là. Son copain a aussitôt réagi : « Faut le dire à ton père. » Mais il n'avait pas le courage. Il avait si peur de *la vilaine*, comme il l'appelait dans sa tête. Et que dirait son père ? Il vivait avec elle, il devait l'aimer… Et puis il était tellement persuadé qu'elle s'occupait bien de lui. « Alors, faut le dire à la maîtresse. » Mais il n'était pas d'accord non plus. C'était un secret. La vilaine lui avait dit ça un jour, avec un petit rictus mauvais, « c'est notre petit secret ».

Après, les choses sont allées très vite. Puisqu'il ne voulait rien dire lui-même, le copain en a parlé à ses parents, qui en ont informé la maîtresse, qui a alerté plus haut. Les gendarmes ont débarqué. Les services sociaux aussi. Il a immédiatement été placé.

Depuis, il ne sait plus bien si, au fond, c'est mieux comme ça, s'il a bien fait d'en parler. La maîtresse lui a dit que oui. Les gendarmes aussi. Mais lui, il voudrait voir son papa, être sûr qu'il ne lui en veut pas.

… qu'elle a dit oui en pensant non

Ce n'était pas plus tard qu'hier.

Évidemment, puisque cela arrive souvent, beaucoup trop souvent.

Mais elle ne parvient toujours pas à oser dire non.

Chaque fois, c'est la même chose. « Ça te dit qu'on aille au cinéma ? » « Tu nous ferais pas ta tarte au chocolat blanc ? » « On pourrait inviter les voisins à dîner ? » Elle pense non, elle dit oui. Pas toujours un grand oui, net et franc, et enthousiaste. Un oui un peu pâle, un genre de *moui…* mais elle n'ose pas dire non. Même si elle n'a ni envie de sortir, ni de cuisiner, ni de recevoir… Elle n'ose pas dire non. Par manque de personnalité ? Même pas. Elle en a, de la personnalité, du caractère. Ils sont enfouis, c'est tout. Bien profondément. En façade, elle paraît lisse. Toujours d'accord. Lisse et sans doute bonne poire. Elle est gentille, elle veut toujours tout bien. Mais non. Elle n'a simplement jamais su s'imposer, s'opposer. C'est ainsi. Des restes de l'enfance. Un père sévère que personne n'osait contredire, une mère soumise pour seule modèle… Elle est devenue comme elle, malgré elle : une femme et une mère dévouée. Qui se plie aux volontés du patriarche comme aux caprices de ses enfants, comme si c'était normal. Dans l'indifférence générale. Elle a parfois l'impression d'être une femme de la génération d'avant. D'être une femme des années cinquante, même... de celles qui recevaient à leur mariage un manuel de bonne conduite domestique qui pourrait se résumer à « Tu veilleras à satisfaire tous les besoins de ton mari »... de celles qui devaient tout sacrifier au bonheur et au bien-être de la famille. Quitte à s'oublier.

Et hier soir, quand son mari s'est approché d'elle avec la volonté manifeste d'obtenir ses faveurs, elle n'a encore pas osé se refuser à lui. Lui dire que non, elle n'a pas envie. Qu'elle est fatiguée. Qu'elle en a assez qu'il lui saute dessus en ne pensant qu'à son plaisir, en ne se demandant pas si elle en a envie, elle... en lui imposant ce qu'on appelait *le devoir conjugal* auquel elle se plie, justement, bien trop souvent. Comme si c'était normal, alors que c'est tout sauf normal. Car c'est bien surtout dans ces moments-là qu'elle voudrait dire non, mais qu'elle dit oui... ou qu'elle ne dit rien. Parce qu'elle est gentille, qu'il en a envie, qu'il pense peut-être qu'elle le lui doit, qu'elle n'est même pas sûre qu'il ait tort, qu'elle veut lui faire plaisir. Et que c'est comme ça...

Aujourd'hui, en y repensant, elle s'est dit que cela ne pouvait plus durer. Qu'elle se devait, autant qu'il lui devait, le respect. Et que la prochaine fois, elle osera dire non.

… qu'il a réalisé un rêve

C'était un rêve de gamin.
Il voulait aller à l'étranger.
Et ce jour-là, il l'a exaucé.

Cela faisait une bonne paire d'années (depuis qu'il avait eu connaissance des pays voisins, en cours de géographie pendant son CE2) qu'il rêvait d'aller à l'étranger. Passer la frontière, partir ailleurs, entendre parler dans une autre langue, observer des paysages sans doute différents, vivre autrement. C'était son rêve à lui. Rien à voir avec ceux de ses copains, qui souhaitaient avant tout rencontrer leur idole ou leur joueur de foot préféré, ou bien monter dans un camion de pompier, ou même aller au cinéma pour regarder un film interdit aux moins de douze ans. Chacun son rêve, en effet.

Alors, quand ses parents leur ont dit : « On va faire un tour en Italie », ça avait déjà le goût de la fête et de l'extraordinaire. Ils étaient en vacances dans les Alpes, pas bien loin de la frontière. C'était donc assez simple, pour les Bretons qu'ils étaient, et ne nécessitait pas de grands frais. Quoique. Le tarif du péage pour la traversée du tunnel du Mont-Blanc avait fait bondir et hurler le paternel. « Une honte ! » s'était-il énervé, quand ils étaient enfin arrivés à la barrière, après plus d'une heure d'attente sans connaître le tarif. Il avait payé, non sans avoir dit sa façon de penser à la personne au guichet, et ils avaient pénétré dans ce tunnel interminable. Au bout, l'Italie. Un monde nouveau s'offrirait à leurs regards. Lui, du haut de ses onze ans tout frais, avait les yeux qui clignotaient. Sa sœur dormait déjà à côté de lui. Ce n'était sans doute pas son rêve à elle.

Une lumière annonçait enfin le clou du spectacle et l'arrivée sur les terres italiennes. Et le miracle eut lieu. C'était un fait : tout était différent de ce qu'il y avait en France. Évidemment : tout était italien. Les arbres, les sommets, les chalets, les virages… tout était italien, et donc forcément différent. Il écarquillait les yeux de bonheur, accrochant son regard à chaque parcelle d'Italie, alternant entre moments de recueillement intime et envolées enthousiastes, voire lyriques, que ses parents lui pardonnaient avec un sourire presque compatissant. Pour eux, l'étranger, c'était l'exotisme. Ici, il n'y en avait point. Pour faire plaisir aux enfants, ils se sont arrêtés pour manger une pizza, une vraie, une *italienne*. Leur fils, évidemment, l'a trouvée divine, mais eux moins bonne que chez le pizzaïolo du coin. La *glace à l'italienne* italienne ne l'était pas plus… Bref, cette journée tenait presque de l'arnaque, mais elle faisait tellement plaisir à leur fils, si pleinement dupe qu'il voyait la magie de l'étranger partout. Sa drôlerie aussi (il avait adoré écouter le serveur italien, qui, pour ses spectateurs du jour, prenait manifestement plaisir à surjouer son accent et sa gestuelle).

Pour le prix d'un rêve, il en a même eu un second, un bonus extra (la vérité, c'est que ses parents ne voulaient pas payer le tunnel du trajet retour et avaient opté pour faire une boucle) : le retour s'était fait par la Suisse, où là encore il trouva que tout était suisse.

L'étranger, c'est tellement formidable !

… qu'elle a serré son fils dans ses bras

Ce n'est pas qu'elle ne peut pas…
Mais elle n'ose plus.
Il a grandi…

La dernière fois qu'elle l'a pris dans ses bras, c'est quand il a eu peur, avant son opération. Elle a voulu lui transmettre son courage, son amour, un peu de force, lui signifier « tout va bien se passer ».

Et tout s'est bien passé. Il avait vingt ans. Il était devenu grand. Trop grand pour les câlins de quand il était petit. Elle s'est dit : « Tout a une fin… »

Souvent, elle repense à ce moment-là, dans la chambre d'hôpital, à son odeur de Bétadine qui masquait celle de sa peau. Elle s'était sentie un peu gauche, c'est idiot. Cela faisait des années qu'elle ne l'avait pas étreint ainsi. Entre-temps, il était devenu un homme, son enfant un adulte, son tout-petit un grand. L'adolescence, avec son cortège de changements, était passée par là.

La nostalgie la gagne souvent. Quand elle repense à sa naissance et à leur premier peau à peau, quand elle se le rappelle nourrisson, blotti contre elle dans une proximité presque animale, quand elle repense à toutes ces fois où elle s'est dit : « Le temps passe trop vite, il grandit trop vite. » Quand il a soufflé ses dix bougies et qu'elle l'a senti déjà prêt à s'émanciper. Quand il était jeune ado, avant la puberté, et qu'il réclamait encore des câlins le soir, qu'elle glissait sa main sur sa peau chaude et douce, encore parfaitement imberbe mais plus pour longtemps et qu'elle se disait : « Ça ne durera pas. » Qu'il réclamait du temps pour tous les deux, des jeux, des films sur le canapé.

Une petite distance, normale – celle de la pudeur – s'est installée entre eux petit à petit. C'est le cycle de la vie. Mais ça pince le cœur, surtout quand il n'y a pas d'autre enfant derrière, que le grand est aussi le petit parce qu'il est tout seul, et que ces derniers moments de proximité étaient les tout derniers.

C'était comme devoir renoncer à tout un pan de sa maternité. Son statut de mère évoluait avec la croissance de son fils. Elle était sans doute moins indispensable, puisqu'il était autonome ; moins présente, puisqu'il prenait ses distances avec la maison et sortait fréquenter ses pairs. Un jour, elle serait encore moins une mère. Quand il partirait de la maison, qu'il serait adulte, ou presque.

Et c'est ce qui est arrivé, en effet. Elle est toujours mère, mais d'un adulte, ce n'est tellement pas pareil… Alors, parfois, elle se surprend à vouloir devenir grand-mère, pour renouer avec ces temps bienheureux où l'on pouponne, où l'on cajole, où l'on câline un tout-petit qui n'attend que ça. Où l'on lit des histoires, où l'on apprend à cultiver le potager, où l'on fait des gâteaux, où l'on va se promener une petite main dans une grande main, où l'on fredonne des comptines, des chansons, et qu'on rit de ses mots rigolos.

Les enfants qui sont devenus grands ont emporté toutes les joies de l'enfance avec eux. Elles reviennent quand ils deviennent parents à leur tour. Et à la vision de sa maison qui revivra (elle l'espère), elle ne peut s'empêcher de penser à la chanson « Quatre murs et un toit » : *Les petits-enfants espérés apparaissent, / dans le frigo, on remet des glaces. / La cabane du jardin trouve une deuxième jeunesse, / c'est le consulat que rouvrent les gosses. / Le grenier sans bataille livre ses trésors, / ses panoplies de cow-boys aux petits ambassadeurs, / qui colonisent pour la dernière fois / la modeste terre promise, / quatre murs et un toit.*

… qu'il a vu sa mère pleurer

Ce n'était pas la première fois.
Mais ça n'était pas arrivé souvent.
Heureusement, ça fait longtemps.

Sans doute pleurait-elle de temps en temps, à cette époque-là, mais elle ne devait se l'accorder que cachée dans sa chambre. D'ailleurs, la première fois, c'est comme ça qu'il l'avait surprise : il la cherchait dans la maison et l'avait trouvée dans sa chambre, le nez dans un mouchoir et les yeux rouges. Il avait eu honte d'avoir franchi les limites de son intimité, d'avoir forcé la porte de ses secrets ou du moins de ses problèmes d'adulte. Cela avait été très déstabilisant pour lui. Il croyait que les grands étaient forts, que sa mère était heureuse, même si avec son père ce n'était pas toujours facile. C'était un peu comme s'il avait découvert un secret qu'il n'aurait pas dû connaître avant quelques années : les adultes, ça pleure aussi. Il ne trouvait pas cela rassurant. Et puis il se sentait totalement impuissant pour apaiser ou consoler sa mère. De toute façon, ce n'est pas le rôle des enfants. Il n'aurait pas su comment faire. Alors il a refermé la porte après avoir dit « pardon ». Au moment du repas, il avait eu du mal à la regarder, tout comme elle, il s'en souvient.

Elle lui avait souri, mais il n'y croyait plus vraiment, au sourire de sa mère. Elle faisait sans doute semblant... peut-être même faisait-elle semblant tout le temps. Cette pensée l'a accompagné longtemps.

Il a d'abord eu peur que ce soit sa faute si elle pleurait, mais il a vite compris que c'était plutôt à cause de son père. Il n'avait pas envie de prendre parti, encore moins de devoir renoncer à l'image magnifiée qu'il avait de son paternel. Écorner l'icône n'était pas à sa portée. N'empêche que, parfois, il se disait que son père était « méchant avec maman ». Et cela aussi l'attristait beaucoup. Le couple parental était tombé du piédestal où il l'avait placé, jusqu'à ce qu'il soit définitivement enterré, à la faveur d'un divorce quelque peu chaotique.

La dernière fois, donc, il avait trouvé sa mère pleurant, la tête dans ses bras croisés sur la table de la cuisine. Il était censé revenir de chez son copain une heure plus tard. Elle s'était sentie prise en faute, mais aussi d'une envie de se justifier. « C'est encore ton père, décidément, il m'aura tout fait ! Même sous un autre toit, il arrive encore à me faire chier ! » Il n'avait pas su quoi dire. Sa mère n'avait pas l'habitude de lui parler de son père en ces termes ni d'employer de telles expressions. Il avait alors compris qu'elle était plus en colère que triste... Au fond, c'était sans doute mieux. Peut-être cela durerait-il moins longtemps que le ressentiment ou le chagrin ? Toujours est-il qu'il ne l'a plus jamais revue pleurer depuis ce jour-là.

… qu'elle a mis un bébé au monde

C'était il y a bientôt six mois.
Une belle naissance.
Depuis, elle est à la retraite.

Elle en a mis des bébés au monde, dans sa carrière de sage-femme. Plusieurs milliers.

Il y en a eu, des femmes courageuses, des hommes stressés, des bébés pressés… ou non. Des accouchements faciles, d'autres terribles. La joie, les larmes, la douleur, le soulagement, et toujours l'émotion. Être au cœur d'un moment rare dans une vie, celui où les parents rencontrent leur enfant pour la première fois. Sortir le bébé, leur tendre pour qu'ils le prennent et fassent connaissance. Avoir participé à cela. C'est beau, c'est grand. C'est fort.

C'est le plus beau métier du monde.

Elle a aidé à naître tant de bébés ! Des tout petits, des très grands, des chétifs, des costauds, des « tout seuls », des jumeaux, des prémas, des après-terme… Des Sophie, des Vincent, des Sandrine, des Malika, des Nahel, des Lola, des Jules, des Mohamed, des Marie, des Esteban, des prénoms classiques, des prénoms tendance, des prénoms inventés… des prénoms de toutes les origines et de toutes les couleurs. Les premiers qu'elle a mis au monde sont devenus parents à leur tour, dans ce formidable cycle de la vie. Il est même arrivé qu'elle mette au monde le bébé d'une maman qu'elle avait elle-même mise au monde bien des années plus tôt.

Et puis il y a eu le dernier. Un petit Naïm. Elle s'en souvient très bien. Elle s'en souviendra toujours. Comme le premier, quand elle était toute jeune sage-femme et qu'elle était terrorisée à l'idée de mal faire. Il s'appelait Sébastien. À eux deux, ils sont l'alpha et l'oméga de toute une chaîne de naissances où chaque maillon a compté. Chaque naissance l'a émue. Si elle n'a plus versé sa larme comme lors de ses premiers accouchements, elle n'a jamais été blasée.

Pour Naïm, elle a pleuré. C'était le dernier. Deux heures plus tard, elle retirerait sa blouse, sa charlotte et reléguerait sa carrière au vestiaire.

Depuis, chaque fois qu'elle voit un panneau « maternité », elle a envie de le suivre et d'y aller ; chaque fois qu'elle passe devant un établissement où des enfants naissent, elle regarde les fenêtres, elle imagine ce qu'il se passe derrière, les salles de travail, les salles d'accouchement, l'effervescence, l'inquiétude, la liesse, la vie qui jaillit, et toujours elle éprouve un pincement au cœur.

… qu'il a dit « merci »

C'était il y a plusieurs mois.
C'est si rare…
L'évidence s'est exprimée d'elle-même.

Pas son genre de dire « merci ». Il fait partie de ces personnes à gros ego et à faible considération. Pas son genre de faire des compliments non plus. Le travail bien mené, c'est normal, c'est un dû. Aussi ne félicite-t-il jamais ses employés. Par peur qu'ils se relâchent, peut-être. Ne pas trop donner confiance. C'est un P.-D.G. qui ne s'abaisse pas à dire des mots trop positifs. L'homme derrière la fonction est pareil en privé. Il a du mal à se montrer gentil, aimant, bienveillant. Les sentiments, c'est pour les faibles. Les mots gentils, c'est inutile. Sa femme et sa fille savent qu'il les aime. Il n'a pas besoin de leur dire ou de leur prouver. Sa présence auprès d'elles est une preuve en soi. *Était* une preuve en soi.

L'accident a changé beaucoup de choses. Elles étaient en voiture toutes les deux. Puis très vite à l'hôpital entre la vie et la mort. Il a cru les perdre. Son univers, son quotidien se sont écroulés et sont restés suspendus aux machines qui maintenaient en vie sa femme et sa fille. Soins intensifs, coma, opérations… Le personnel soignant (médecins, infirmières, kinés…) a été formidable de bout en bout. Ils les ont sauvées. Quand il l'a compris, c'est là qu'il a prononcé ce mot : « MERCI ». Plusieurs fois, même. Et avec les yeux aussi. Des yeux humides qui débordaient de reconnaissance, sans doute pour la première fois de sa vie. Il voulait leur témoigner toute sa gratitude.

C'était il y a plusieurs mois. Depuis, il ne dit pas davantage « merci ». Mais au fond de lui, quelque chose s'est adouci.

… qu'elle s'est plongée dans ses souvenirs d'enfance

C'était le mois dernier.
À la faveur d'un déménagement.
Cela lui avait procuré des sensations mélangées.

Changement de maison. Encore. Remettre en carton ce qui fait son quotidien, ce qui fait sa vie. La vaisselle, les livres, les vêtements, tout. Vider le buffet, les placards, les penderies. Et forcément retomber sur des objets oubliés qui évoquent des moments, des souvenirs. Se laisser prendre par l'émotion, s'arrêter un instant, permettre à son esprit de retourner dans le passé. On trouve toujours des trésors au fond des tiroirs. Des petites babioles qui rappellent des vacances, des cadeaux qui rappellent des gens, des lettres qui rappellent des moments, un vêtement qui fait sourire.

Et puis il y a les photos.

Celles qui sont bien rangées dans les albums, par ordre chronologique. Celles qu'on trouve essaimées un peu partout, sans logique. Entre deux livres, au fond d'un tiroir, sur un bureau, dans le fouillis. Des photos qu'on a sorties d'un album et qu'on n'a jamais remises, des photos qui n'ont jamais eu l'honneur d'y entrer, des photos pour « quand on aura le temps de les ranger », des photos qu'on n'a pas envie de jeter mais qui n'ont pas vraiment leur place dans un recueil de souvenirs familiaux. Des photos ratées et des photos floues. Des photos sans intérêt, de paysages gris sans relief par exemple. Des photos argentiques, à l'époque où on avait encore la surprise du résultat... à l'époque où chaque pellicule avait son lot de gâchis... à l'époque où on devait attendre. Attendre d'avoir atteint les 12, 24 ou 36 poses, attendre le développement chez le photographe, et patienter encore pour tenir les photos entre ses mains.

Toutes ces photos qui résument une vie.

Lorsqu'elle est tombée sur les albums de son enfance, elle s'est assise sur une chaise, à la table de la salle à manger. Elle s'est posée pour prendre le temps. Des années qu'elle n'avait pas mis le nez dans ces albums qui dormaient dans un placard du grenier. Ils sentent le vieux. Les photos sont un peu jaunies, surtout les plus vieilles. Elle a commencé à feuilleter le plus ancien, que ses parents avaient rempli pour elle. On les voit jeunes, en noir et blanc. Et avec la famille. Elle a souri en essayant de jouer à « qui est qui » sur une photo de mariage. Pas facile de reconnaître ses grands-parents, ses oncles et tantes quand ils étaient jeunes, vifs, et beaux. Elle est passée aux photos en couleurs. Mariage de ses parents, naissance de son frère, naissance de sa sœur, puis la sienne, avec ce cliché à la maternité où elle est dans les bras de sa mère et entourée de son père et de ses aînés. L'enfance, la maison familiale, le jardin, la cabane, les chiens, les vêtements moches, les jouets favoris, les Noëls. Les vacances en Bretagne, en Dordogne, en Haute-Savoie, dans les Vosges. Les photos de classe, en primaire, au collège, au lycée. Se voir grandir, changer. Les photos perso, avec ses copains, les fêtes de l'adolescence, les premières vacances avec son amoureux… Les photos de mariage et de fêtes de famille, quand ils se réunissaient tous. Voir tout le monde vieillir, avoir le cœur qui se serre en pensant à ceux qui ne sont plus là. Sourire quand même devant tout ça. Avec nostalgie, quelques regrets, mais surtout le sentiment d'être riche de souvenirs, de rires et de joies.

Quand elle s'est levée pour placer ces albums dans les cartons qui les attendaient, elle s'est rappelée qu'elle devait absolument se pencher sur une sélection de photos pour ses enfants, qu'il était temps qu'ils aient leurs albums, eux aussi. C'est ça l'ère du numérique : nos photos s'entassent par milliers dans des téléphones et des disques durs, on se laisse déborder, mais on n'a plus d'album à feuilleter pour replonger dans ses souvenirs.

… qu'il a vu sa sœur

Cela fera bientôt vingt ans.
Vingt ans qu'il se rappelle cet horrible jour.
Vingt ans qu'il se dit que c'est sa faute.

Ils étaient petits, tous les trois. Mais lui, c'était l'aîné. Il avait neuf ans à peine, il était le grand. Sa sœur en avait sept, son frère, quatre. Il était le grand…

Ils jouaient souvent devant la maison, et parfois élargissaient leur périmètre jusqu'à la place de l'église, toute proche. C'était le cas, ce jour-là. Son père était au travail, sa mère s'affairait dans la maison, elle ne manquait pas d'occupations. Le ciel était radieux, ils étaient aussi bien dehors ; ça tombait bien, ils adoraient ça, jouer devant la maison ou sur la petite place. Parfois, ils retrouvaient des copains. Cette fois-là, ils n'étaient que tous les trois.

Quand le monsieur est arrivé avec son masque sur la tête, ils l'ont tout de suite trouvé rigolo. Un masque de chien qui sourit, avec de grands yeux. Comme Pluto, le chien de Mickey. Et justement, il avait perdu le sien, de chien… Il s'était échappé de son jardin, plus loin, par là-bas. Ils ont bien vu qu'il était peiné, soucieux. Alors, quand il leur a demandé s'ils voulaient bien l'aider, ils ont dit « oui », qu'ils allaient chercher avec lui. Ce qu'ils ont fait, quelques minutes. Et quand il a proposé de scinder leur groupe de quatre en deux, pour être « plus efficaces », ils ont dit « oui » aussi. Logiquement, lui s'est trouvé en charge de son petit frère, et le monsieur, de sa sœur. Ils n'ont rien suspecté, évidemment… C'étaient des enfants ! Ils avaient l'innocence et la naïveté propres à leur âge. Ils ne savaient pas que certains adultes sont capables de faire du mal à des enfants.

Ils sont revenus bredouilles sur la place de l'église. Ils n'avaient pas trouvé Colibri. Ils ont attendu le monsieur et leur sœur. Ils espéraient qu'ils l'avaient retrouvé, eux. Ils ont attendu longtemps… Ils sont revenus à la maison et ont raconté l'histoire à leur maman. Ils n'ont pas vraiment compris l'angoisse qui est montée sur son visage et dans ses yeux. Elle a crié, elle s'est jetée sur le téléphone, elle leur a dit de monter dans leur chambre. Ils y sont allés, tête basse, la peur au ventre. Surtout lui, le grand, celui qui était censé être responsable de ses frère et sœur.

RESPONSABLE… Il ne l'avait pas été ce jour-là, mais il se sent ainsi depuis. Coupable même. Mais de quoi ? Comment aurait-il pu savoir que le gentil monsieur était méchant ?

Elle n'a jamais été retrouvée. Ni l'homme au masque, qui n'a jamais été puni…

Depuis vingt ans, il vit avec ce poids. Celui de sa culpabilité ; celui de la tristesse de ses parents qui ne s'en sont jamais remis et qui se sont séparés, d'ailleurs ; celui de l'absence de sa sœur ; celui de l'attente qui s'est muée en résignation ; celui de l'ignorance. Ils ont longtemps espéré qu'il la détenait prisonnière et qu'elle reparaîtrait peut-être un jour, puis ils en sont venus à l'imaginer morte, pour oublier qu'ils ne sauront jamais.

Ne pas savoir, c'est ce qu'il y a de pire. Et depuis tout ce temps, ils vivent avec un trou noir dans la tête.

La dernière fois qu'il a vu sa sœur, c'est le jour où on lui a arraché son enfance.

… qu'elle s'est sentie jugée

C'est toujours la même chose.

Ça commence par des questions, un peu suspicieuses.

Ça se termine par un visage qui se ferme ou par un dos qui se tourne.

La dernière fois, c'était il y a quelques jours. Cela arrive si souvent, il faut dire… Elle est devenue une habituée. Elle n'en éprouve même plus de surprise. Elle devine même les questions avant qu'on les lui pose, et les pensées qui passent en filigrane derrière les regards.

Le contexte est toujours le même : une soirée, des gens qu'elle ne connaît pas, des couples évidemment. Elle, elle vient seule. Elle est LA célibataire. L'intruse, celle qui fait tache. Si, d'aventure, elles sont plusieurs dans son cas, ce qui arrive quand même régulièrement, elle a LE petit truc en plus… ou en moins : elle n'a pas d'enfants. « Vous n'avez pas d'enfants ? » On lui pose cette question si souvent ! Elle la voit arriver, se faufiler entre les lèvres, s'articuler avec une stupeur tantôt jugeante (sourcils froncés), tantôt teintée d'apitoiement, qu'on ne cherche jamais à cacher. Alors, elle répond : « Eh bien, non », du ton de celle qui assume et son célibat et son statut de femme qui n'est pas mère. Parfois, elle en reste là. Parfois, ça l'amuse, ce cliché qui voudrait qu'une femme ne s'épanouisse que « femme de » et « mère de ». Parfois, ça l'agace profondément au point qu'elle jetterait bien sa coupe de champagne à la tête de son interlocuteur. Parfois, elle en rajoute : elle le provoque un peu en mode « je suis une femme indépendante assumée et je vous emmerde ».

En vrai, elle aimerait leur dire à tous : « Eh bien, oui, je suis célibataire, sans enfants, j'ai quarante et un ans et je le vis très bien ! J'aime ma vie ! Vous croyez que vous me faites rêver, franchement ? Vous croyez que j'en voudrais, de vos petites vies de couple étriquées ? de votre ennui ? de votre bonheur en toc ? de vos petits monstres ? de vos nuits ratées ? de vos carrières à l'arrêt ? de vos rendez-vous chez le médecin ? de la corvée des devoirs ? de… (s'ensuivrait une longue litanie sur le même mode). Moi, je suis LIBRE ! Je fais ce que je veux, quand je veux, où je veux ! Sans rendre de comptes à personne… »

Ils la taxeraient tous d'égoïste. Inutile, donc. Leurs yeux le crient déjà suffisamment. Simplement parce qu'elle a un point de vue différent. Elle aimerait qu'on le respecte. Pourquoi y aurait-il une pensée unique ? Pourquoi faudrait-il vivre selon une norme sociale ? Établie par qui ? Pourquoi faut-il toujours que certains jugent, comme s'ils avaient raison ? Alors qu'il suffirait d'accepter cette simple vérité : chacun sa vie, chacun ses choix… Chacun sa façon d'être heureux.

… qu'il a attendu pour une photo

C'est dans ses habitudes.

L'attente, ça fait partie de l'ADN du photographe.

La dernière fois, il a été plus que récompensé.

Il était venu s'installer avant la tempête annoncée. Il savait d'avance où il voulait se poser, cette fois : à Lesconil. Face à la nouvelle digue. Il fondait de jolis espoirs d'y capturer les merveilles causées par la révolte de la mer. Il aurait pu aller ailleurs, le Finistère regorge de lieux forts de promesses. Mais pour les vagues colériques de la tempête Justine, il s'était donc posté là, en observateur habitué. Il avait pris le temps de contempler le début de l'épisode, l'eau qui monte un peu plus haut, les vagues qui assaillent la digue un peu plus fort, les *splash* assourdissants, les geysers qui deviennent de plus en plus impressionnants.

La photo, c'est toujours comme ça : il faut en faire beaucoup pour obtenir LE cliché, il faut beaucoup de ratés pour saisir le magnifique ou l'insolite. Il le sait. Il a la patience nécessaire. Il mitraille. Avec le mode rafale, ça en fait, des photos ! Mais souvent, ça en vaut la peine : il y en a toujours une qui sort du lot.

Et l'autre jour, Justine l'a gâté. Plus que ça, même.

Une vague plus forte que les autres s'est écrasée

contre la digue en une gigantesque éruption aquatique. Quelque chose de rare et d'incroyable. Il ne l'avait pas ratée, elle était bien au chaud dans son appareil photo. Avec le mode rafale, il avait tout saisi de la formation de la vague jusqu'à son évanouissement. Quelques microsecondes d'un spectacle éblouissant et incroyable, alors qu'il se trouvait au bon endroit au bon moment.

C'est seulement quand il a regardé les clichés chez lui sur son ordinateur qu'il l'a vu. Quand il a posté son cliché sur Instagram, ils l'ont tous vu. Son extraordinaire cliché s'est offert un tour du monde.

Ce n'était donc pas une hallucination : Justine lui avait offert Poséidon.

… qu'elle a porté une minijupe et des talons hauts

C'était il y a cinq ans, à peu près.
Lors d'une soirée.
Elle s'était sentie mal.

Avant, elle aimait ça : s'habiller en *vraie* femme, assumer sa silhouette, parader sur ses talons aiguilles. Elle aimait afficher sa féminité, montrer ses jambes bien galbées, sentir sur elle les regards… Ceux, pleins d'envie, des hommes ; ceux, parfois jaloux, des femmes. Avec les années, elle s'était épanouie. Comme une fleur qui éclôt puis s'ouvre, fière de son panache et de son éclat. De jeune fille timide et sage, elle était devenue totalement femme. Femme assumée, femme sûre d'elle, femme conquérante. Une femme qui plaît autant qu'elle fait peur aux hommes.

Mais c'était avant. Avant ce soir-là. Avant cette soirée où elle avait senti sur elle des yeux qui évaluent, qui égratignent, des yeux qui toisent. Avant que la fleur se fane et se sente ridicule sur ses talons. Avant qu'elle ait atteint cet âge qui sonne non la fin du charme mais la fin d'une certaine façon d'être. La fin de la jeunesse, en somme. On vous rappelle à votre âge et à la raison. Tout à coup, la minijupe paraît déplacée, pas sur les bonnes jambes. La minijupe symbolise le temps de l'insouciance et de la légèreté auquel il faut renoncer… Voilà, il faut bien le dire : à partir d'un certain âge la minijupe et ses talons hauts font tache et feraient presque p***. On vous reproche de ne pas accepter les années, de jalouser votre fille et on vous fait comprendre que le temps de cette tenue n'est plus… qu'il n'y a plus qu'à reléguer au placard tout ce qui y ressemble. Et opter pour des chaussures plus plates (et tellement plus confortaaaables) et des jupes qui descendent sous les genoux.

Cinq ans et, pourtant, c'est comme si c'était hier. L'amertume liée au temps qui passe et flétrit la peau ne l'a pas quittée depuis. La ménopause qui annonce la fin d'une époque, le renoncement définitif à la maternité, le sentiment qu'on se trouve sur une pente descendante et qu'au bout il y a la vieillesse et son cortège encombrant, tout cela l'étreint un peu plus chaque jour.

Parfois, elle regarde avec nostalgie dans son dressing ses jupes trop courtes, vestiges de ses jeunes années. Elle s'imagine comme les femmes de son âge qui osent encore en porter et qu'elle croise de temps en temps. Et elle s'interroge… Si elle osait encore, elle aussi, comme ça, juste pour voir ?

… qu'il a pris le train

C'était pour rejoindre Brest.
Il était assis en face d'une femme.
Elle l'a mis dans un drôle d'état.

Il était parti de Montparnasse. Pour un mariage, dans le Finistère. Comme il n'aurait pas le temps de se changer avant la cérémonie, il avait déjà revêtu son costume et mis une cravate. Pas son genre d'être accoutré ainsi pour un voyage en train. Déjà pas pour aller au travail, alors encore moins pour un voyage en train. Il se sentait déguisé. Ressemblait à un homme d'affaires. Un homme d'affaires du samedi. Pas hyper crédible, mais soucieux de ne pas froisser sa chemise. De ne pas trop transpirer non plus, histoire d'arriver à la mairie sans auréoles sous les bras.

Il s'est assis au fauteuil indiqué sur son e-billet. Un siège qui faisait face à un autre, pour l'instant vide. Au Mans, des voyageurs sont descendus, d'autres sont montés. Et il a senti que sa tranquillité solitaire allait s'achever. Une femme est arrivée, a posé son sac à main sur le fauteuil en face du sien, a hissé une petite valise sur le support prévu à cet effet. Il n'a pas osé braquer ses yeux sur son visage tout de suite, mais il a immédiatement senti un stress, une fébrilité chez elle. Rien qu'à ses gestes. Elle s'est assise, il a rangé ses jambes. Il a osé un petit signe de tête, elle n'a pas croisé son regard. Mais il a vu son visage triste. Pas l'air contrarié classique de celle qui réalise qu'elle ne voyagera pas dans le sens de la marche, non. Vraiment triste. Il s'est dit que la mine de cette femme ne devait pas être liée à une histoire de fauteuil ni de sens de la marche. Il ne lui a pas proposé d'échanger. Il s'est replongé dans son livre, moins à l'aise physiquement (à cause de ses grandes jambes qui ne devaient pas gêner celles de cette femme) et moins à l'aise psychologiquement (le visage chiffonné de sa voisine d'en face le chiffonnait). Le train est reparti et il a tenté de se concentrer sur sa lecture. Mais son cerveau n'imprimait pas vraiment les mots que ses yeux lisaient sans lire. Il a persévéré. Même quand la femme s'est agitée pour fouiller dans son sac. Il a perçu un mouvement dans son champ de vision, au-dessus de son roman. Mais il n'a pas osé lever les yeux. Il se serait senti un peu trop voyeur. Il s'est dit qu'elle préférait sans doute qu'il ne l'espionne pas et qu'il reste dans une indifférence au moins de façade.

Sa lecture a vite été interrompue par des reniflements. D'abord discrets puis de plus en plus nets. Alors, il a osé poser son regard sur le visage de la femme et il a vu. Il a vu ses yeux rougis, sa face déformée par les sanglots qu'elle voulait taire, ses mains qui tremblaient et faisaient trembler la lettre qu'elle tenait entre ses doigts. Une lettre froissée. Sans doute déjà lue à plusieurs reprises.

Il a dévié son regard vers son livre, par décence. Mais il ne pouvait plus lire du tout. Trop de questions le taraudaient. Qui était cette femme ? Pourquoi pleurait-elle ? Que disait cette lettre ? Quel chagrin pouvait l'étreindre si fort pour qu'elle se laisse ainsi aller en public, dans un train, face à lui ? Témoin d'une douleur ostensible, il se sentait affreusement gêné. Devait-il faire quelque chose ? Lui demander « Ça va ? » alors qu'il connaissait la réponse ? Lui proposer un mouchoir, pour ses reniflements intempestifs ? Lui dire qu'il était là si elle avait envie de parler... ? Lui conseiller d'enchaîner quelques grandes inspirations-expirations pour tenter de se calmer ? Devait-il opter pour l'indifférence ? Feindre de ne s'être rendu compte de rien ? La laisser dans sa tristesse comme si de rien n'était ?

Il ne la sentait pas encline à partager ses tourments, pourtant, il se sentait concerné maintenant. Elle avait peut-être besoin d'aide. N'avait peut-être nulle part où aller. Il ne voyait pas comment lui être utile pour autant. Il était pressé. Sitôt sorti du train, il devrait prendre un taxi pour se rendre à la mairie. Il n'allait quand même pas lui proposer de se changer les idées en l'accompagnant à la noce ? Engoncé dans son costume, il se trouvait gauche et hors sujet. Et terriblement impuissant.

Le train s'est mis à ralentir. On allait arriver à Rennes. La femme s'est à nouveau agitée et il a compris qu'elle allait descendre. Il en a été à la fois soulagé et déçu. Soulagé pour la fin pressentie de son malaise et déçu de n'avoir rien tenté pour elle. Il l'a regardée ranger la lettre dans son sac, se lever, attraper sa valise. Il a attendu, souhaité, qu'elle ose croiser son regard. Elle avait séché ses larmes, mais ses yeux en disaient trop. Elle a passé la bandoulière de son sac à main par-dessus sa tête et c'est alors qu'enfin, pour la première et dernière fois, elle a posé les yeux sur lui. Il a osé un sourire. Le sourire de l'empathie. Et elle le lui a vaguement rendu… d'un sourire qui semblait dire merci.

Depuis il repense souvent à cette femme. Il se demande ce qu'elle est devenue, si elle va mieux. Au milieu de la foule immense des personnes qu'il a croisées dans sa vie, elle est, sans savoir rien d'elle, de celles qu'il n'a pas oubliées.

… qu'elle a trop mangé

C'était hier.
Une fois de plus, une fois de trop.
Elle se promet de ne plus recommencer.

Chaque fois, c'est la même chose : elle se promet de gérer, de se restreindre, au moins de « faire attention ». Et chaque fois, c'est pareil : elle mange plus que de raison, elle perd le contrôle et, à la fin, elle culpabilise.

Éternel scénario que ces réjouissances programmées. Avant même d'y être, elle sait déjà comment l'histoire va s'écrire et se finir. Elle arrivera le mental déterminé, la volonté conquérante et pleine de courage pour affronter les montagnes de calories déguisées dans chaque mets et chaque gorgée de boisson. Et, prise dans le tourbillon de la fête, des discussions enlevées, du charme de la soirée, sa main ira cueillir sur le buffet toujours plus de victuailles qu'elle goûtera chaque fois avec plaisir. Un plaisir coupable – quoique, sur le moment pas vraiment. Le plaisir du goût, du mélange des saveurs, la joie des papilles court-circuitent son cerveau : c'est trop bon ! Et ce n'est tellement pas le moment de se réprimander.

La culpabilité vient trop tard. Quand l'estomac se met à crier un « stop » retentissant car il ne peut plus rien avaler, quand les vêtements la serrent trop en fin de soirée, quand elle se rend compte qu'elle est à la limite de rendre son repas... et le lendemain, quand la balance l'insulte en lui disant : « Ma pauvre fille, tu n'as vraiment aucune volonté. » Alors, elle se dit qu'elle est nulle, que ses kilos accumulés en sont la preuve, qu'elle grossit à vue d'œil et qu'elle est vouée à devenir obèse. Simplement parce qu'elle mange trop, et qu'elle n'arrive pas à manger moins dans toutes ces situations festives qui sont autant de monstres tentateurs. Il faudrait rester chez soi, se couper de toute vie sociale, et festoyer seule avec des Wasa Fibres et du concombre.

Et si la prochaine fois, elle arrivait à ne pas manger trop ? Et si pour une fois, elle pouvait relever le défi ? Alors, elle se promet qu'elle y arrivera. Que son esprit sera plus fort que son palais.

… qu'il est allé à la neige

C'était il y a bientôt deux ans, aux vacances de février.
Ils avaient passé une semaine splendide.
Il rêve d'y retourner.

C'était la deuxième fois qu'ils y allaient. Ses parents disent toujours que le ski, c'est cher… donc, forcément, ils ne peuvent pas y aller souvent. Ça a le goût de la rareté, de ce dont on se souvient avec délices et qu'on attend avec tellement d'impatience et d'envie que c'est comme si le rêve se réalisait pour la première fois quand on a la chance d'y retourner. Les vacances à la neige, c'est magique.

Le trajet déjà est magique. Surtout la fin, quand on arrive au pied des Alpes, qu'on roule au pas sur l'autoroute, que le voyage est trop long, mais si prometteur. Il y a des coffres à skis sur certaines galeries. On a l'impression de tous aller au même endroit, c'est drôle. Petit à petit, les voitures une à une quittent la route au fond de la vallée pour rejoindre leur station. La montée est parfois épique. La dernière fois, ils ont dû mettre les chaînes sur les roues, et son père s'est un peu énervé. Il neigeait à gros flocons, et c'était très étrange de découvrir ensuite le village et les autos sous un épais manteau blanc.

Ils sont descendus de la voiture, et leurs pieds s'enfonçaient dans la neige malgré leur équipement de pointe. Un peu plus et il leur aurait fallu des raquettes ! Le crissement de leurs pas les a suivis jusqu'à leur résidence et ils ont découvert leur logement pour la semaine. Petit, sans grand confort, avec un lit superposé dans le couloir pour les deux enfants, et un canapé pour les parents. C'était comme un nid trop étroit mais où l'on est si heureux de se serrer en famille.

La semaine est vite passée, entre les cours le matin, les pistes dévalées à quatre l'après-midi, la promenade en traîneau à chiens (un rêve de son père), la visite d'une fabrique de fromages à un moment où le temps ne permettait pas de skier… Ils ont passé une semaine riche, entrecoupée des arrêts photo pour sa mère, qui dégainait son appareil à tout bout de champ, pour fixer en couleurs de sacrés souvenirs, y compris le pique-nique ayant dégénéré en bataille de boules de neige, le concours du plus joli bonhomme, et les gamelles en luge, le soir, après la fermeture des pistes. Et puis, il y a eu la sortie au restaurant le dernier soir, avec raclette ou fondue à volonté, dans une salle qui, avec ses cloches de vaches accrochées aux murs, ressemblait à une étable.

Quand il est nostalgique, il revoit aussi les paysages, le bleu franc du ciel, le blanc de la neige, le noir des rochers en altitude et le vert des sapins aux branches alourdies. C'était grandiose et il a très envie d'y retourner. Et puis, il adore skier ! Quel plaisir de gravir la pente avec le tire-fesses, de glisser, d'effectuer des virages ou de foncer tout schuss, de se faire aussi parfois une petite frayeur… Il repense à son flocon… à sa fierté quand il l'a décroché. Il avait dit à sa mère : « Je voudrais bien passer ma première étoile ! » et elle avait répondu avec un sourire bienveillant : « La prochaine fois. »

Depuis, il se demande quand ce sera, la prochaine fois.

… qu'elle a eu la honte de sa vie

Parce que des hontes de sa vie, elle en a eu un certain nombre.

Elle cumule les maladresses, les impairs, les situations embarrassantes.

Cette fois-là, ce n'était pas la moins pire.

C'est une abonnée aux désastres. Du coup, elle a beaucoup de succès avec ses copines, qu'elle divertit avec ses frasques. Quand elles ratent des épisodes, elles ont droit à des récits qui les amènent à regretter de ne pas pouvoir la suivre tout le temps. C'est toujours elle qui ressort des toilettes publiques la jupe coincée dans la culotte, elle qui glisse et tombe sur le trottoir, elle qui oublie de descendre du téléski et qui se retrouve suspendue en l'air, elle qui… Elle cumule, quoi.

Et puis, c'est une fêtarde et, en bonne fêtarde, elle boit trop quand les circonstances s'y prêtent. Ce qui est loin de toujours lui réussir et ce qui a conduit au désastre de ce soir-là, lequel mérite une place au podium des pires hontes de sa vie.

Elle s'était rendue, avec sa bande de copines, dans un bar karaoké hyper branché. Déco soignée, boissons chères et chanteurs de qualité. Elles étaient là pour s'amuser; certaines, pour chanter, mais pas elle: elle fait partie de la famille des casseroles, et elle le sait… quand elle est sobre. Elle était un peu fatiguée, et elle n'a pas trop regardé à la dépense, enchaînant les consommations à grandes gorgées, sous les yeux amusés de ses amies. Désinhibée et oublieuse de ses problèmes de justesse vocale, elle a parié qu'elle était capable de chanter sur scène. Elle voulait rendre hommage à leur délire et chanter « Magnolias for ever » de Claude François, clin d'œil à leur scène fétiche dans le film *Podium.* Donc, debout elle a crié: « Magnolias… » et elles ont hurlé « For ever » (avec ou sans le *eR* américain qui va bien) en guise de réponse, et bras levés. La soirée s'annonçait bonne. Les pupilles frétillaient déjà du spectacle à venir.

Comme il y avait de l'attente et pour se donner du courage (le trac montait malgré l'alcool), elle a savamment continué de boire… si bien que lorsqu'elle est enfin montée sur scène, elle était mûre à point, et ses amies curieuses de voir le résultat.

Son état ne pouvait tromper personne: courbée vers l'avant, elle avait le regard flottant et semblait trouver le micro très lourd à porter mais indispensable à son maintien. Quant à sa voix… elle déraillait littéralement, passait des aigus aux suraigus, complètement à côté des notes… et du texte qui manifestement défilait trop vite. Les syllabes étaient allongées à l'excès (*Tu lui ressemblEEEUh / Quand elle tremblEEEUh / Et dans ta vOIAAAx / J'entends parfOIAAAs / Un peu sa vOIAAAx*), et les mots en anglais ressemblaient à une vulgaire bouillie.

Ses amies, écroulées de rire au début de la prestation, ont rapidement figé leur sourire en constatant autour d'elles les airs désapprobateurs. Elles ne l'ont donc pas regardée se débattre trop longtemps et ont mis fin au massacre de la chanson, en allant la chercher sur la scène. Mais elle s'agrippait au micro pour continuer de chanter. Il a fallu les huées de spectateurs offusqués pour qu'elle accepte de le lâcher.

Elle était bien trop saoule pour ressentir la honte qui lui incombait à ce moment-là. Mais quand, le lundi matin à son arrivée, son supérieur hiérarchique l'a félicitée pour sa prestation scénique, le concept de « grand moment de solitude » s'est rappelé à elle… très nettement.

… qu'il a ramassé des champignons

C'était l'automne dernier.
Il adore ça.
Il attend l'automne prochain.

C'est sa saison préférée. Après les chaleurs estivales, quand la fraîcheur réapparaît, il revit. Il aime les réveils sous la brume, les nappes de brouillard qui lévitent au-dessus du sol, dans les champs, le retour de l'humidité. Les pommes dans les arbres, aussi. Aller en cueillir, les presser, en retirer du jus ou du cidre, rentrer chez lui avec ses bouteilles, un peu fier. « C'est moi qui l'ai fait », peut-on lire sur son visage.

Mais s'il aime se promener dans les chemins creux de son bocage, il chérit plus encore ses balades en forêt. Admirer les changements de couleurs dans les arbres d'essences différentes, regarder les feuilles devenir jaunes, rouges, marron, puis tomber mollement sur le sol en tournoyant. Et marcher dans les sentiers en foulant les feuilles, d'un pas traînant pour exagérer leur froufrou et leur craquement. C'est l'un des sons qu'il préfère. Mais il aime aussi se faire discret, tout petit, rester tapi dans l'espoir de surprendre les bêtes sauvages. Il voit souvent des chevreuils, surtout lorsque la nuit tombe.

Et puis il y a la cueillette des champignons. Une sorte de loisir temporaire suffisamment rare pour qu'il l'apprécie à sa juste valeur. Il s'y connaît un peu. Son péché mignon, ce sont les cèpes. Il a ses coins, dans la forêt. Comme tous les connaisseurs. Il y va tôt le matin, sinon ça peut être trop tard : d'autres seront passés avant lui. Il s'y rend avec son panier et son petit couteau. Tous les samedis et tous les dimanches de l'automne. Il arpente son secteur, l'œil au sol. Et quand il en repère un, il s'agenouille pour le prendre délicatement. Cela sent la terre, l'humus, les feuilles qui pourrissent. Cela sent l'automne encore plus, quand on se trouve au ras du sol. Et à chaque pied de cèpe généreux, il ne peut s'empêcher de remercier mère Nature pour ses offrandes.

Après sa cueillette, il rentre chez lui et prépare ses champignons pour les cuisiner en poêlée avec de l'ail et du persil, ou en omelette, ou en quiche… Il varie les plaisirs et ne se lasse jamais.

La dernière fois qu'il est allé aux champignons, c'était la fin de la saison… Il était revenu bredouille et le panier vide, déçu. Mais résolu à attendre l'automne suivant en s'imaginant déjà le bonheur qu'il éprouverait à cueillir son premier cèpe.

… qu'elle a été victime de sa phobie

C'était hier.

Chaque jour ou presque, elle trouve une raison d'avoir peur.

Elle est née froussarde.

Elle a tout pour elle : l'intelligence, la beauté, une élégance naturelle, une féminité assumée, un maintien parfait, de l'humour… Beaucoup de qualités, et quelques petits défauts – discrets pour la plupart. Sauf un : elle a la phobie… des petites bêtes. Une terreur à voix perçante ! Ce n'est pas sa faute : elle n'aime pas du tout les petites bêtes. Ni d'ailleurs les rongeurs, ni les serpents. Ni les grosses bêtes. Ni les dodues, ni les poilues. Et surtout pas celles qui sont les trois à la fois : les grosses araignées noires, à pattes velues, griffues, ventrues…

Hier, elle était tranquillement installée sur le canapé avec un livre et avait posé une boîte de biscuits près d'elle… Quand elle a tendu la main vers les petits gâteaux, les yeux plongés dans son bouquin, elle a senti qu'il y avait un truc qui n'était pas une miette. Ça bougeait, ça marchait. Elle a jeté un coup d'œil rapide et a hurlé d'un cri à tordre le silence. Imaginez un peu la scène et mettez le son au maximum (eh bien, vous êtes encore en deçà de la réalité). Voyez-la bondir, sauter partout, s'élancer dans le couloir, courir dans le jardin, en remuant les bras et en criant toujours comme si elle était poursuivie par la Bête. Avec un impuissant sens du ridicule et une parfaite sincérité. Et surtout, à voir son corps s'agiter comme un pantin et ses cheveux en pétard, un renoncement total à tout sens de l'élégance et de la bienséance.

Son mari est arrivé mollement (il connaît l'oiseau), a tenté de la rassurer, mais elle ne voulait plus mettre un pied dans le salon, ni même dans la maison : il fallait tuer l'ignoble intruse. Il a tenté la ruse. Car l'araignée ayant filé, il ne l'a pas trouvée. En a déniché une autre, qu'il a tuée d'un coup de chaussure, qu'il a apportée, triomphant, sous les yeux de sa femme postée sur la balançoire les bras croisés. « Ce n'est pas *celle-là* », a rétorqué sa douce, les cheveux encore hirsutes. Confus de son canular raté et surtout abasourdi par la clairvoyance de sa femme, il est reparti presque penaud vers le salon, en quête de l'Araignée. Retournant les coussins, s'échinant à trouver la bête invisible, rampant sur le sol et presque sous le canapé... le mari se savait au comble du ridicule. Après de longues minutes d'une traque vaine, il a enfin mis la main (ou plutôt la chaussure) sur la tortionnaire de sa femme, priant pour que celle-ci soit la bonne. Ce qu'elle confirma au premier coup d'œil, avant de daigner rentrer dans la maison.

À croire que rien ne ressemble moins à une araignée qu'une autre araignée...

… qu'elle a mangé du chocolat

C'était hier.
Son carré quotidien.
Un délice, toujours.

C'est son petit plaisir du soir. Le cadeau qu'elle s'offre à elle-même, un peu après le dîner. Un rituel dans sa routine à laquelle elle ne déroge jamais et qui obéit à tout un cérémonial.

Elle commence par ouvrir le placard qui renferme ses tablettes. Il y en a une douzaine, elle a l'embarras du choix. Toutes de la même marque. La meilleure ! Parfois, elle les sort toutes, les dispose en éventail. Parfois, elle va droit au but. Mais elle fonctionne toujours selon l'envie du moment. Que va lui dicter sa gourmandise, ce soir ? Vers quoi son palais va-t-il s'orienter ? Chocolat au lait, noir, blanc ? Noir moyen, noir très noir ? 56 %, 70 %, 90 % ? Au-delà, elle n'aime pas trop. Nature, ou avec des noisettes, des raisins, des zestes de citron vert, des éclats d'amandes, des cristaux de sel, une pointe de caramel ? Quel sera le choix du soir ?

Elle opte pour l'un ou l'autre, choisit, tranche. Range les tablettes non élues dans le placard. Hier soir, c'était *Chocolat au lait aux noisettes entières et éclats de caramel.* Le summum de la gourmandise. Mais sans la culpabilité. Depuis qu'elle mange en pleine conscience, elle se contente d'un carré. Il vaut bien une tablette (celle qu'elle se serait enfilée il y a encore quelques mois), puisqu'il dure plus de dix minutes.

Elle sort la tablette de son carton, ouvre délicatement la feuille d'aluminium qui recèle son trésor, casse dans la largeur, puis sépare les deux carrés. Les noisettes empêchent une cassure nette. Il y a toujours un carré gagnant. Elle choisit le plus volumineux. Puis elle referme la feuille d'alu, toujours avec délicatesse, et replace le tout dans le petit carton, qu'elle prend soin de rendre le plus hermétique possible afin que les arômes restent bien cloisonnés à l'intérieur, pour la prochaine fois où elle choisira cette tablette-là. En général, elle varie et ne prend jamais la même deux fois de suite.

Elle se dirige vers le canapé. Une tasse avec une infusion l'attend déjà sur la table basse. Elle s'assied, contemple un instant le carré de chocolat porteur de tant de promesses. Il est joli, doré, avec ses noisettes dodues et ses petits éclats de caramel. Elle l'approche de son nez, le respire. Il sent bon, il sent la chaleur, l'exotisme du cacao. Puis elle croque dedans, du bout de ses incisives. Oh, pas un gros morceau, non. Un tout petit, quelques millimètres pris dans un coin. Elle le laisse fondre dans sa bouche. En reprend un tout petit morceau, apprécie la texture, laisse le goût du chocolat mêlé au caramel l'envahir. Attaque une noisette entière, l'écoute craquer sous ses dents, aime sa saveur mélangée à celle du chocolat au lait. Elle ferme les yeux pour mieux être à l'écoute de toutes ses sensations. Il y a un joli équilibre dans les ingrédients. Chacun apporte sa pierre à l'édifice du plaisir qu'elle prend en mangeant ce carré de chocolat. Et c'est ainsi que « manger un carré de chocolat » devient chaque soir un véritable moment de dégustation, une expérience multisensorielle, un plaisir chaque fois renouvelé.

Ce soir, devant son placard, elle choisira *Chocolat noir à la pistache et à la pointe de sel.*

… qu'il est parti en voyage

C'était avant la crise sanitaire.

À l'époque insouciante du franchissement libre des frontières.

Depuis, il rêve de repartir.

« Les voyages forment la jeunesse », dit-on. Lui ne les a découverts qu'une fois adulte. Ses parents n'avaient ni les moyens ni l'envie d'aller ailleurs. Pour quoi faire ? C'est si beau, la France ! Ils avaient écumé pas mal de régions, surtout leurs favorites. La Bretagne, les différents massifs, l'Alsace l'hiver, l'île de Ré une fois, et c'était tout. C'était déjà pas mal, cela dit. Tous ses copains n'avaient pas cette chance.

Pendant ses études, il avait découvert quelques capitales d'Europe pour pas bien cher : trajets en stop ou en train, billets low cost, auberges de jeunesse et système D. Il avait soif d'histoire et de culture. Il s'essayait à quelques rudiments de langue. Il y avait pris goût.

Les premières années de travail, il avait consacré son budget à d'autres priorités. Partait une semaine hors de France, juste de l'autre côté d'une frontière.

Puis sa carrière avait pris son essor, son salaire aussi. Il pouvait s'autoriser à aller plus loin, plus longtemps. Et cela collait parfaitement à ses envies d'ailleurs, de destinations lointaines. Il rêvait de grands espaces, de treks en pleine nature. D'Australie, de Grand Ouest américain, de Canada, de Bolivie, d'Afrique du Sud, de déserts, de canyons, de forêts tropicales, de mers folles.

Chaque année, un grand voyage. Dépaysement total assuré. Il part seul, à deux, ou en groupe. Il préfère seul. Il se sent plus libre, plus aventurier, plus en danger mais plus fort, plus en phase avec lui-même. C'est l'occasion de méditer, de réfléchir, et c'est le moyen le plus évident pour partir à la rencontre des autochtones, pour créer de vrais liens.

La dernière fois qu'il est parti en voyage, c'était en Islande. Un voyage incroyable au pays des volcans, des geysers, des glaciers, des aurores boréales et des chutes d'eau. Un pays sauvage aux paysages à couper le souffle. Un pays aux facettes si nombreuses qu'il envisage d'y retourner. En été, cette fois. Pour voir les baleines.

Il était seul. Seul à marcher. Seul au milieu des autres dans les sources chaudes du Blue Lagoon. Seul à déguster le Hverebrauō. Seul à rire de ne pas réussir à lire et à prononcer les plats, les lieux, les objets. Seul avec son appareil photo. Seul face à l'immensité brute.

Seul et bienheureux.

… qu'elle a vu son idole

C'était il y a plusieurs années.

Un concert unique qui devait signer son grand retour sur scène.

Elle était allée à Paris exprès.

Quand elle était jeune, elle achetait tous les magazines qui parlaient de lui. Tous. Les *Star Club*, *Fan 2*, *Top 50*… Ceux qui renfermaient des posters de son idole avaient sa préférence ultime : les murs de sa chambre en étaient couverts. On ne voyait plus la tapisserie. Ses parents contemplaient le rendu avec un sourire mi-amusé mi-consterné. Ils ne comprenaient pas son engouement obsessionnel pour ce chanteur qu'ils jugeaient sans talent. Ils ne comprenaient rien, de toute façon.

Elle, elle passait des heures à l'écouter dans sa chambre, sur son poste de radio, puis sur sa chaîne hi-fi, sur ses cassettes, sur ses CD. Elle les avait tous. Souvent, elle s'allongeait sur son lit et le regardait en même temps… Sur les posters, il affichait un sourire enjôleur et des fossettes craquantes. Sans compter un corps très enviable avec biceps saillants, abdominaux affûtés, pectoraux *moulés* dans ses t-shirts *moulants*. Il était si beau. Et puis il chantait bien ! Sa voix aussi était séduisante. Elle connaissait toutes les paroles. Toutes les mélodies. Pour se rendre au collège, elle prenait le bus avec son casque de Walkman sur les oreilles et elle l'écoutait encore. Parfois, elle fredonnait. Elle ne pouvait pas s'en empêcher. Dans son groupe de copines, elles étaient plusieurs à être fans de lui. Mais elle détenait la palme de la fan la plus *idolâtrante.* On la charriait pas mal avec ça. Surtout les garçons.

Elle l'avait vu plusieurs fois en concert dans des villes de province. Elle était « montée » plusieurs fois à Paris aussi. Pour le voir sur scène et pour essayer d'obtenir un autographe. Une vraie groupie. Du genre à rester plantée devant l'hôtel où il était supposé se trouver. Elle participait à tous les concours qui auraient pu lui permettre d'assister à un concert privé ou de passer une heure avec lui. Elle n'a jamais gagné, jamais eu d'autographe. Elle connaît sa signature parce qu'elle l'a, préimprimée, sur des posters.

Elle l'a suivi. Quand il était en haut du top, quand il a dégringolé dans les classements. Il a, comme tant d'autres, connu une gloire plutôt éphémère. Mais même dans sa traversée du désert, elle ne l'a pas oublié. Elle a mis du temps à retirer les posters des murs de sa chambre. Elle n'a jamais vraiment cessé de l'écouter, même quand la passion exclusive s'est éteinte.

Et quand il a signé pour son grand retour sur scène, elle a voulu en être. Qui d'autre, sinon ? Que restait-il des fans de la première heure, une génération plus tard ? Plus grand monde, certainement : la salle était remplie au tiers. Elle était déçue pour lui. Quand il est arrivé sur scène, elle n'a pas pu s'empêcher d'être un peu déçue pour elle. Il avait pris un coup de vieux. Avait perdu sa silhouette de jeune premier sur laquelle avaient misé ses producteurs de l'époque (elle avait eu le temps de devenir lucide sur le ratio talent/physique depuis). Il lui restait sa voix. Et ses chansons. Il a débuté par son premier succès, la foule a poussé des cris. C'était parti.

Mais la magie n'a pas opéré. Il manquait quelque chose, et elle ne savait pas quoi. Est-ce elle qui avait changé ? Le regardait-elle d'un œil adulte, empreint d'indulgence pour ses illusions perdues ? Parfois, elle se dit qu'elle n'aurait jamais dû assister à ce concert, qu'elle aurait mieux fait de garder intacts les belles images et autres souvenirs magnifiés de son adolescence. Qu'elle aurait dû en rester là.

… qu'il a écrit à quelqu'un

C'était une carte postale.
Pour sa mamie.
Ses parents l'avaient obligé.

Il n'aime pas écrire. Il n'aime pas l'école. Il aime jouer, faire des cabanes, fabriquer des outils, courir, aider son père à la ferme, bricoler, donner à boire aux veaux.

Pendant leur semaine de vacances, sa mère a exigé qu'il écrive des cartes postales. Il y avait eu bataille. « Alors, une seule ! » avait-il négocié. Et elle avait cédé.

Il voulait écrire à sa mamie confiture, la seule qui méritait un tel effort. Sans brouillon, et sans correction des fautes d'orthographe. Son père avait raisonné sa mère : « Ce sera authentique, comme ça. »

Il avait donc tracé de son écriture « en pattes de mouche » (comme disait son maître) ces quelques mots :

Cher mamy,

Je pace de bonne vacanse. Il fé beau même si hier il à bocou plus. Je me suis fais des copins. Je mamuse bien.

Le canpingue est bien. Demain on ira au bort de la mer a vélo.

J'ai hâte de te revoire. Tu me fera ton gateau au chocolat ?

Gros bisou

Ton petit Jules

… qu'elle a dû parler anglais

Les langues étrangères, ça n'a jamais été son truc.
C'était en voyage, elle n'a pas eu le choix.
Ils en rient encore.

Ils étaient partis en Norvège avec leurs trois enfants. Évidemment, ils ne parlaient pas le norvégien… La *lecture* des panneaux routiers représentait déjà en soi un challenge. Pour se faire comprendre et communiquer, il y avait l'anglais. Comme toujours, comme partout. Sauf qu'elle avait délaissé cette langue sitôt la porte du lycée franchie. Pas grave : elle pouvait compter sur son mari. Comme toujours, comme partout. Sauf ce jour-là.

Ils devaient monter tous les cinq en haut d'un sommet en téléphérique. Mais le mari en question a eu des velléités d'ascension à pied. Il a embarqué l'aîné. Elle s'est retrouvée seule pour commander les billets, aller pour trois, retour pour cinq. Un vrai défi à relever. L'homme du guichet lui a demandé ce qu'elle voulait. Elle a cherché ses mots bien loin dans les tréfonds des restes de son vocabulaire anglais. Elle a bafouillé, tenté de s'expliquer. Pour l'aller, c'était assez simple : elle s'est désignée et a montré les deux enfants qui l'accompagnaient, a mimé avec la main la montée. Il lui a sorti les billets : 1 adulte, 2 enfants.

Puis il a fallu expliquer son souhait pour le retour… Pour évoquer son aîné, elle a levé le pouce et dit : « *One… for my brother.* » L'homme du guichet lui a donné un billet adulte. Elle n'a pas compris pourquoi. Si c'est son fils, c'est forcément un enfant, non ? Peut-être qu'elle s'était trompée de terme, mais pour elle « fils » se disait *brother.* Elle en était à peu près sûre. Elle a pris une mine embêtée, secoué la tête et la main, index levé :

« *No, no, my brother chicken.* »

L'homme du guichet l'a regardée, ahuri.

« *Your brother, chicken ?*

— *Yes, chicken !* »

L'homme a pris un air qui signifiait à la fois « Mais c'est bien sûr ! » et « Vous devriez retourner à l'école pour réviser votre anglais », avec un petit sourire qui en disait long. À ce moment-là, elle aurait donné n'importe quoi pour que son mari vole à son secours comme par magie.

Finalement, comme s'il avait baissé les bras pour tenter de la comprendre, il lui a tendu les billets qu'elle escomptait. Elle les a attrapés avec une satisfaction certaine.

Quand la famille a été réunie, elle a eu droit à un cours d'anglais maison… pour qu'elle intègre définitivement que son fils n'est pas son frère, qu'il n'a rien d'un poulet… et que, de toute façon, enfant au singulier se dit *child* et non *children…*

… qu'ils sont partis en vacances

C'était en famille.
C'était la dernière fois.
Ils le savaient tous les deux, plus ou moins.

Il lui avait annoncé quelques semaines plus tôt qu'il pensait à la quitter. Lui avait laissé peu d'espoir, mais assez pour qu'ils partent en vacances à cinq comme tous les ans au mois d'avril. Une once d'espoir pour « essayer », pour y aller quand même, pour se donner le courage de vivre cette dernière semaine à l'étroit dans une caravane sans que cela se finisse en pugilat. C'était sans doute « pour les enfants ». Elle a vaguement cru qu'il y aurait peut-être un sursaut chez lui, un plaisir d'être à ses côtés, de partager ce temps ensemble, une envie de redonner une chance à leur couple, comme s'il pouvait se ressaisir au contact de jours heureux en famille. Lui savait bien que ce n'était qu'une mascarade. Son cœur était déjà ailleurs. Elle l'ignorait.

Elle voyait bien qu'il n'y mettait pas beaucoup du sien, qu'il n'était pas avec eux. Mais elle vivait chaque instant avec fébrilité, tremblant d'imaginer que ces moments étaient peut-être les derniers d'une histoire de vingt ans, mais pleine d'un espoir, aussi mince fût-il. Alors même si la semaine s'était *bien* passée, entre balades à vélo, pêche à pied, flâneries sur le port et glaces, elle avait pris, goûté, analysé chacune de ces dernières fois et les avait stockées dans sa mémoire interne, pour mieux les retrouver après, comme pour se nourrir de ces derniers plaisirs amassés. À l'heure qu'il est, ils sont devenus autant de doux souvenirs que de couteaux tranchants. Ils lui font du mal.

Elle se rappelle encore les vêtements qu'ils portaient, les menus qu'ils ont partagés, les sourires qu'ils ont échangés, les larmes qu'elle a versées, la nostalgie qui pointait déjà. Les discussions en boucle, au son des « pourquoi », ses haussements d'épaules à lui, ses raisons trop vagues et trop étranges pour être honnêtes.

Elle se souvient du trajet retour, avec les enfants contents et elle déçue. Ils ne s'étaient pas retrouvés. Il n'y aurait pas d'autres vacances.

Elle sait qu'elle repensera encore longtemps à ce dernier séjour... comme à toutes leurs autres dernières fois. Dernier repas ensemble à la maison, dernier câlin, dernier baiser, dernier cadeau, dernière dispute, et premiers doutes... jusqu'à ce qu'elle tombe sur ce mail qu'elle n'aurait pas dû lire. Il a sonné comme un deuxième coup au cœur, après le soir où il avait évoqué une séparation. Quatre mois plus tard, ce mail l'a achevée en jetant un voile amer sur toutes les dernières fois qu'ils avaient vécues. Elle qui avait fondé tant d'espoirs sur ces vacances, ses souvenirs étaient à présent entachés par la présence d'une autre, et l'envie qu'il avait d'être avec elle.

C'était la première fois qu'elle se sentait trahie.

… qu'elle a vu ses petits-enfants

C'était il y a presque un an.
Ils ne viennent plus.
À croire qu'ils ont oublié qu'elle existe encore.

Cela fait des mois qu'elle se demande quand ils vont revenir. Lorsqu'elle a été placée là – parce qu'on la trouvait trop vieille pour rester seule chez elle, c'était une question de sécurité –, elle s'était dit qu'ils passeraient régulièrement lui rendre visite. Ils n'habitent pas si loin, quand même…

Ils sont venus, parfois seuls, à tour de rôle, parfois ensemble. Assez souvent au début, puis de moins en moins souvent, puis presque plus. Et maintenant, plus du tout. Plus rien depuis presque un an. Un an… autrement dit une éternité quand on sait que l'autre Éternité ne tardera pas à vous emporter. Ses enfants semblent excuser leur progéniture. Ils sont très occupés. Le travail, la vie de famille… Ils courent ! Évidemment… Il y a longtemps qu'elle ne court plus, elle. Que son quotidien s'affaisse dans la routine de ce mouroir. Que sa santé est chancelante, que son corps ne lui apporte que douleurs, que ses joies se résument à partager une partie de cartes avec ses amis, sans savoir si demain ils seront tous là pour recommencer.

Elle attend, donc, ses petits-enfants… pour la fraîcheur qu'ils insufflent à sa vie le temps de leur présence. Quand il y en avait une… Elle se sent abandonnée, elle qui s'est tant occupée d'eux quand leurs parents travaillaient. Elle les accueillait en vacances, les emmenait au musée, leur cuisinait des cookies… Mamie gâteaux, ils l'appelaient. Ses souvenirs sont riches de tout cela, même si elle commence à les perdre. Ils s'éloignent un peu, c'est vrai.

La dernière fois qu'ils sont venus, ils lui ont apporté des fleurs et du parfum. Ils se sont montrés soucieux de sa santé, de son bien-être (tu n'as pas trop chaud ? tu veux de l'aide pour te lever ?)… Ils avaient donné de leurs nouvelles, raconté leur quotidien, échangé quelques souvenirs avec elle, ri tous ensemble. C'était bien, c'était doux…

Elle se demande quand ils reviendront, quand ils se rendront compte qu'un jour il sera trop tard… et que ce peut être demain. Ont-ils conscience de cela ? Sont-ils si « occupés » qu'ils l'oublient ? Parfois elle les comprend, elle en vient à les excuser (ce n'est pas très drôle de venir voir à la maison de retraite leur grand-mère qui vieillit) ; d'autres fois, elle leur en veut de la priver d'eux. Ils sont presque tout ce qu'il lui reste. À leurs côtés, elle revit un peu ses années de jeune retraitée, elle revit tout court, même.

Elle repense à cette dernière fois, et elle a peur, si peur, qu'il n'y ait plus aucune autre fois.

… qu'ils sont allés au restaurant

Ils y allaient souvent.
Mais ce soir-là, tout avait été différent.
Elle aurait voulu être ailleurs.

Ce soir-là, comme beaucoup d'autres soirs, il l'avait emmenée dîner dans leur restaurant favori. Ils le connaissaient par cœur, n'avaient pas besoin de regarder la carte pour passer commande. Lui adorait venir ici (elle, un peu moins, à force) et commandait toujours la même chose. La routine, chez lui, était même gastronomique. Il parlait, parlait, parlait de l'hôpital et de ses opérations du jour, comme tous les soirs de tous les autres jours. Il ne manquait pas de lui raconter sa journée avec force détails, ce qui n'était pas toujours très approprié au moment du repas. Il n'avait jamais compris que l'entendre parler de bistouri et d'hémorragies ne contribuait pas à la mettre en appétit… Elle s'était quelque peu habituée à ces récits médicaux et techniques, mais aurait tant aimé qu'il joue une autre partition !

Ainsi était leur vie. La routine était parfois parsemée de vacances, jolis séjours à l'autre bout du monde qui insufflaient dans son esprit le sentiment d'avoir une vie privilégiée et heureuse… forcément.

Mais ce soir-là, elle ne pouvait s'empêcher de pousser de profonds soupirs intérieurs. Elle tentait de déconnecter son cerveau pour se concentrer sur ses papilles. Malgré ses efforts, elle n'avait pas d'appétit. Elle le regardait sans l'entendre, comme si ses paroles l'assourdissaient. Tout à coup, au détour de ce repas comme les autres, une révélation s'immisça en elle : elle s'ennuyait.

Elle s'ennuyait avec lui. Il remplissait par ses paroles le vide de leurs conversations à sens unique. Elle ne parlait presque pas, de toute façon ce qu'elle disait ne leur semblait pas intéressant, ni à elle, ni à lui. Ses journées n'étaient-elles pas insignifiantes ? Lui sauvait des vies, elle comblait son temps libre. Il ne lui arrivait jamais rien de nouveau, rien d'inattendu. Tout était ordinaire. Creux. Vide. Désespérant. Cela lui apparut ainsi, ce soir-là, comme un coup violent porté sur sa tête.

Plus tard dans la soirée, au lit, pendant qu'il s'agitait sur elle, elle regardait le plafond, les yeux grands ouverts, comme encore sous le choc de la révélation de son ennui. Il lui apparaissait qu'elle était à l'extérieur de son corps. Aucun désir, aucun spasme. Inerte, il ne répondait plus. Oui, son corps s'ennuyait aussi. De toute façon, cela faisait des années qu'elle n'avait plus le cœur à ces choses-là. Toujours les mêmes gestes, dans le même ordre et le même temps, avec les mêmes mots, et dans la même position… Elle attendit, comme tant d'autres fois finalement, qu'il ait fini. Son grognement final, immuable et désespérément banal à force d'avoir été entendu à l'identique pendant vingt ans, provoqua un soulagement chez elle. Elle n'avait même pas eu le courage de simuler.

Il s'était endormi trois minutes plus tard. Elle, non. Pour la première fois peut-être, elle avait analysé sa vie, son passé, son présent, ce qu'elle était devenue. « Rien » était le seul mot qui lui venait à l'esprit, comme une révélation tranchante, comme une sanction dans le vif. Sa vie était parfaite, oui, parfaitement lisse, sans rien qui dépasse… mais sans surprise, sans changement, sans nouveauté. Tout semblait tracé. Une vie sur des rails, dans un train qui l'emmenait vers une destination choisie il y a trop longtemps. Elle s'ennuyait profondément. Son quotidien vide était le symptôme d'un mal sourd qui l'enfonçait dans un tourbillon qui risquait de la noyer, un ennui en forme de dépression intérieure. Elle s'était rendu compte que tout ce qui brillait autour d'elle était affreusement terne, poli par des années vides de sens, entraînées dans le courant d'une onde sociale et familiale à l'apparence parfaite. Elle s'était éteinte dans cette vie-là. Il fallait réagir. Tenter de remonter le courant, de modifier le cours de sa vie, le tracé des voies, la destination du train.

Aujourd'hui, sa vie a changé. Et tout est parti de ce dîner au restaurant !

… qu'on a été confinés

C'était là, il y a quelques jours.

La fin du troisième confinement.

Mais on ne situe plus très bien la frontière entre confinement et déconfinement.

Troisième confinement. *Moins dur* que le deuxième qui était *moins dur* que le premier. Dans les faits, on a eu droit à tout et surtout de s'y perdre. Les dix kilomètres, les trente… ce qu'on avait le droit de faire à quel horaire, à quelle distance… Les attestations qu'on se fait à soi-même, les triches, les contrôles invisibles, les petites fêtes en cachette… C'est devenu un peu n'importe quoi. Surtout qu'à l'hôpital, rien n'a vraiment changé. Les soignants sont toujours sous l'eau. Mais il y a bien longtemps qu'on ne les applaudit plus. Comme s'ils n'étaient plus encore à batailler contre le virus. Alors que si, tous les jours. Et que l'hôpital risque de craquer. Comme eux.

Quand on a eu le droit de sortir sans attestation, on a ressenti un début de soulagement. Mais il y a encore le couvre-feu. Et surtout… il y a encore de nombreuses interdictions et l'impossibilité de fréquenter tous ces lieux fermés depuis des mois et des mois… Tous ces lieux de vie et de culture où nous nous retrouvions avant, dans une normalité qui nous paraît étrangère, lointaine, révolue. L'impatience augmente à mesure qu'on s'approche de la date de réouverture. Qu'il nous tarde de fouler à nouveau le sol des musées, de nous planter face à un grand écran, de rire d'une pièce de théâtre, de savourer une bière fraîche à la terrasse d'un café, de parcourir des yeux le menu d'un restaurant à la recherche de ce qu'on va choisir… et déguster. Et puis pouvoir nous rendre dans TOUS les magasins, sans avoir à se demander s'ils sont essentiels ou pas et s'ils font moins d'une certaine surface… Arrêter un jour de compter le nombre de clients déjà dans une boutique, de vérifier qu'on n'a pas dépassé l'heure de rentrer chez soi, d'estimer à l'œil les centimètres qui nous séparent des gens… Retirer un jour nos masques, embrasser nos proches, arrêter de réprimer nos marques d'affection, nos gestes de tendresse, nos envies de contact. Être libres.

La vie va revenir petit à petit. Et nous trouverons tout, tout à coup, moins banal et plus fort.

La dernière fois qu'on a été confinés, c'était il y a quelques jours… mais s'agira-t-il vraiment de la TOUTE dernière fois ?

… qu'elle a vu son ex

Ça faisait longtemps qu'elle ne l'avait plus croisé.
Et puis, ce jour-là, c'est arrivé.
Depuis, elle se sent un peu bizarre.

Ils avaient vécu une longue histoire, assez longue en tout cas pour compter dans une vie… pas assez longue à son goût.

Il l'avait quittée *petit à petit*, comme elle se plaisait à le dire. Quand on s'étonnait de cette expression, elle évoquait une mort douce du couple, pas d'esclandre, pas de coups bas, pas de torture ni de phrase couperet-sanction du type « Tout est fini entre nous », « Je ne t'aime plus », « Va-t'en ». Non, il n'y avait rien eu de tout cela. Il avait laissé leur couple se faner doucement, telle une plante oubliée qu'on a privée de soins. Il avait renoncé aux attentions, même les plus infimes. Et tout ça, *petit à petit*… Subtilement. Peut-être même tout à fait inconsciemment. De jour en jour, de semaine en semaine, il avait oublié leur complicité. Fuyant les discussions, désertant les caresses. Elle avait constaté ça, elle aussi, *petit à petit*… préférant ne pas dramatiser, se disant que tout redeviendrait comme avant. Elle y croyait.

Et puis, un matin, alors qu'il était chez elle, il a

proposé d'aller chercher des croissants pour le petit déjeuner. Comme d'autres matins avant celui-là. Mais il n'était pas revenu.

Elle n'avait pas compris sa décision, qu'il avait prise seul et sans l'avertir, son silence, sa lâcheté. Est-ce que c'était sa faute ? Est-ce qu'elle était nulle ? Nulle au point de ne même pas mériter une explication ?

Elle avait eu mal. Et puis, la vie aidant, de moins en moins mal. Avec les années, avec un nouvel amour… Elle en avait presque oublié leur passion, l'intensité de ce qu'elle avait éprouvé à ses côtés mais aussi des pans entiers de leur histoire. Quand elle y repensait, elle ne savait plus trop ce qui, des bons ou des mauvais moments qu'ils avaient passés ensemble, était le plus prégnant. C'était devenu flou, abstrait, comme si ses souvenirs s'étaient voilés d'amertume.

La dernière fois qu'elle l'a revu, après toutes ces années, c'est tout cela qui l'a submergée. Ce constat qu'il était devenu un étranger, qu'elle avait du mal à croire qu'ils avaient été ensemble et s'étaient aimés. Cette impression qu'il était ceint d'une armure opaque, celle d'un parfait inconnu. Cette sensation étrange de se dire : « Je ne connais pas cet homme, finalement. Je ne sais pas qui il est… » Alors qu'elle a passé des années avec lui.

… qu'il a plu

C'était il y a quelques jours.
Après une longue période de canicule.
La pluie était une fête.

Des jours, des semaines qu'il n'y avait pas eu une goutte d'eau. Tout séchait sur pied, l'herbe était jaune et cassante, la terre balafrée, les ruisseaux quasi à sec. Tout criait la soif. La nature priait en silence pour le retour de l'eau. Les agriculteurs scrutaient chaque jour le ciel avec plus de méfiance, les autres la météo. La chaleur, rêvée depuis l'hiver et jusqu'alors, finissait par insupporter tout le monde. Les gens restaient cloîtrés chez eux en vase clos, rideaux tirés, volets fermés. La pesanteur du silence aride les abrutissait. Tout était ramolli, chaque geste relevait de l'exploit, surtout pour les plus vieux.

Alors, quand la première goutte tant attendue s'est posée sur une joue ou un bras nu, suivie de quelques autres, d'abord éparses, des sourires se sont dessinés sur les lèvres sèches. Les gouttes, lourdes et pleines, généreuses, annonçaient une belle pluie d'été, une pluie d'orage forte et insolente.

Ils sont sortis aux premières gouttes. Ça sentait bon la terre qui se réveille sous la sève et crépite de joie, ça sentait bon l'asphalte qui dégrise. Ils ont étendu les bras pour mieux sentir les gouttes couler, ruisseler, glisser sur leurs peaux assoiffées. Ils ont accueilli l'averse comme une bienfaitrice, les paumes vers le ciel pour dire merci, et ils se sont mis à danser sous la pluie. L'eau envahissait tout leur être, et c'était bon, c'était divin. Ils ouvraient la bouche comme pour mieux encore assimiler la vie qui revenait. Leurs vêtements collaient à leur peau, et ils luttaient pour ne pas les enlever, là, dans la rue, sous cette ondée dense et drue.

Ils riaient de ce moment de grâce, de cette joie simple à partager à deux, de ce retour aux sources.

L'orage annoncé est arrivé et ils sont rentrés s'abriter, heureux de cette parenthèse enchantée sous la pluie.

… qu'elle a conduit

C'était il y a quatre ans.
Ça s'est mal terminé.
Depuis, elle ne peut plus.

Elle était pressée (on est toujours trop pressé dans ces cas-là). Elle allait être en retard au travail. Elle ne pouvait pas se le permettre. D'habitude, elle mettait quinze minutes, et là, elle en avait douze pour faire le trajet. Elle devait donc gagner trois minutes. Cela faisait quelques kilomètres-heure de plus au compteur. Mais bon… elle était sûre d'elle. Quand elle roulait – d'ailleurs trop vite aux yeux de certains –, elle disait toujours : « Je gère. » Sauf qu'elle n'a rien géré.

Musique à tue-tête, à presque cent dix sur la départementale, elle a mis du temps à décélérer à l'entrée dans le village. Et puis, de toute façon, elle ne roulait jamais à 50 dans les villages qu'elle traversait à cette heure-là. À quoi bon ? Il n'y a jamais personne dans ces bleds paumés. Un bon soixante-dix, ça passe encore. Pas de quoi perdre le permis, alors, au pire…

Elle avait le soleil de face. Ce n'est pas une raison, mais ça explique qu'elle n'ait rien vu. En effet, elle était éblouie, elle aurait d'autant plus dû ralentir.

Oui… elle aurait dû. Mais elle était en retard. Elle n'avait pas le temps de ralentir, pas le temps d'être raisonnable. Pas le temps d'être une bonne conductrice. De toute façon, c'était le cadet de ses soucis d'être une bonne conductrice, soucieuse des autres, respectueuse du code de la route, du Code civil, de tous les codes. Rien à cirer. Elle était EN RETARD, merde, quoi !

Donc, elle ne les a pas vus. À cause du soleil. Ou de la vitesse. Ou de l'inattention. De tout ça à la fois. Elle les a tamponnés, comme une boule de bowling qui percute deux quilles et qui les fait basculer, qui les projette au sol. Elle a freiné, trop tard, hurlé, en vain. Elle s'est garée, secouée de tremblements, de gémissements de peur, d'horreur… Elle avait juste entraperçu deux ombres de taille indéfinie, mais trop tard. Elle est sortie de sa voiture en pleurant, titubant vers ce qu'il restait des ombres.

C'étaient des ombres d'enfants.

Heureusement, ils respiraient encore. Heureusement, ils ne sont pas morts. Mais par quel miracle ? Et peut-on vraiment parler de miracle puisque l'un des deux restera handicapé ?

Depuis ce jour, elle ne peut plus travailler. Elle ne peut plus conduire. Les fois où elle a essayé, cela s'est transformé en crises d'angoisse. Elle peut à peine monter dans une voiture. Parce qu'elle est coupable. Responsable et coupable. Et qu'elle ne se pardonnera jamais l'inconséquence de sa conduite.

… qu'elle a mangé du melon

Il n'était pas très bon.
C'était bien le signe que ce devait être le dernier.
Et que l'été était terminé.

Ils étaient en famille, un week-end de septembre dernier. Pour prolonger la belle saison, ils avaient organisé un barbecue dans le jardin, avec grillades à volonté, chips, ratatouille et le rosé de circonstance. En entrée : tranche de melon, jambon de Parme roulé, et petite note de porto en option. Un classique de l'été. Tout un symbole.

Mais le melon n'était pas bon (un charentais, pourtant !). Ils auraient pu s'en douter : il ne sentait rien, sa chair était pâlichonne… Manque de chance, mauvais choix… ou signe manifeste d'un manque de soleil ? Les meilleurs ne sont-ils pas ceux que l'on mange au cœur de l'été ?

Ce melon décevant a symbolisé l'arrivée de l'automne avec une évidence indubitable : il était trop tard pour continuer d'en acheter. Bientôt viendrait le temps des figues et des châtaignes, qui annoncerait celui des soupes et des raclettes. C'est ainsi… le cycle des saisons. Chacune a son charme, surtout quand on respecte la loi de la nature.

Lorsqu'elle repense à ce dernier melon, elle imagine déjà le premier de l'an prochain. Il sera le symbole du retour de l'été, sa saison préférée. Elle ira le choisir chez le maraîcher, l'œil gourmand, le nez à l'affût et la main experte. Elle détaillera son aspect, sa couleur, le soupèsera, le respirera pour deviner les arômes qu'il renferme. Elle le sélectionnera, telle une professionnelle. Puis, le moment venu, elle le fendra d'un coup de couteau pour découvrir les deux demi-sphères prometteuses, la chair bien orangée, ferme mais juteuse. Elle en coupera une tranche qu'elle approchera de son nez pour mieux se mettre en appétit, enlèvera minutieusement les pépins, et elle le dégustera avec une cuillère (c'est forcément meilleur, à la petite cuillère !), comme quand elle était petite. Et ce melon aura aussi le goût de l'été, de la plage et des vacances… ce temps béni qu'elle vient de quitter et dont elle aura rêvé toute l'année.

… qu'ils ont fait l'amour

C'était il y a bientôt cinq ans.
Elle ne sait pas comment interpréter cela.
Ou craint de le faire.

Quand elle repense à leurs débuts… Emportés par la passion, ils étaient fusionnels, incapables de se passer l'un de l'autre, ils faisaient très souvent l'amour. Tous les jours, et même plusieurs fois par jour. Quel que soit le lieu où ils étaient rattrapés par leur désir. Leur vie sexuelle était riche et créative.

Rien à voir avec aujourd'hui… Ils n'ont plus de sexualité. À peine de la tendresse. Ils ne se touchent quasiment plus, ne s'embrassent jamais. Font lit à part. Leur libido est au point mort. Et ils n'en parlent jamais. Comme si c'était un sujet tabou. Si elle avait osé, elle lui aurait proposé d'aller voir un sexologue. Elle y avait pensé dans les premiers temps de la disette. Et puis les semaines, les mois d'abstinence se sont ajoutés les uns aux autres jusqu'à ce qu'elle-même le constate sans vraiment vouloir lutter contre. Comme si elle y avait, entre-temps, trouvé son compte. Et pourtant… non. Elle se demande parfois si lui n'active pas sa libido dans d'autres bras que les siens. Des bras plus jeunes et plus fermes. Après tout, ce ne serait pas le premier. Vraisemblablement, il ne la désire plus. Peut-être est-ce simplement la faute au temps qui passe, un passage obligé à l'arrivée de la cinquantaine.

À bien y réfléchir, elle se rend bien compte que l'évolution a été lente, qu'ils ont glissé très tranquillement sur la pente du désamour physique. De manière quasi imperceptible. Devenus parents, ils s'étaient sentis plus fatigués (surtout elle) et moins libres pour s'adonner aux plaisirs charnels. La fréquence de leurs rapports en avait pris un coup. Mais ce n'était pas très grave, ils s'entendaient toujours bien, sur ce plan-là aussi. Petit à petit, la routine s'est installée. Même scénario, mêmes gestes, mêmes caresses, une chorégraphie devenue machinale. Ils avaient chacun le mode d'emploi de l'autre. Et puis, la passion s'était atrophiée, le désir émoussé. Les enfants ont grandi, ont quitté la maison, mais au lieu de profiter du nid douillet devenu vide, elle et lui ne se sont pas retrouvés comme elle l'avait espéré. Ils avaient même perdu leur complicité. Ils partageaient moins. Moins de temps, moins de passions, moins d'envies communes. Sans être des étrangers, ils étaient vaguement devenus des colocataires. Des amis qui vivaient sous le même toit.

La dernière fois qu'ils ont fait l'amour, elle s'en souvient très bien. Elle avait voulu le surprendre. Cela n'était pas arrivé depuis des années. S'attribuant la responsabilité de leur vie sexuelle à la dérive, elle avait décidé d'agir. Elle avait dévalisé un magasin de lingerie, lu des livres érotiques, avait multiplié gommages et soins du corps, opté pour une épilation soignée…

tout cela en vue de relancer la machine assoupie. Elle lui avait sorti le grand jeu. L'objectif avait été atteint : il était surpris. En revanche... même s'il avait semblé charmé et ne s'était pas fait prier, l'effet avait été de courte durée. Elle qui pensait raviver leur vie sexuelle, elle s'est vite aperçue qu'elle était la seule à le vouloir. Cela l'avait profondément humiliée. Il ne la désirait plus, vraiment plus... Sa vie de femme était-elle donc derrière elle ?

… qu'elle s'est sentie redevenir une enfant

Il suffit parfois de peu.
Un contexte, un moment.
Tout à coup, on a huit ans.

Elles avaient décidé d'emmener leurs enfants dans l'un de ces parcs d'attractions de province où l'on trouve de tout : un cirque, des manèges, des structures gonflables, des trampolines, des piscines à balles, des flippers, des chevaux montés sur rail, une ferme avec des animaux… et quelques stands pour se restaurer.

Elle était avec ses trois amies trentenaires et leurs enfants, lesquels offraient un beau panel de spécimens de quatre à onze ans.

Le groupe avait commencé par la séance de cirque. Ils s'étaient installés et le noir s'était imposé sous la grande tente. Le spectacle l'avait tout de suite happée. Elle buvait des yeux les numéros, bluffée par le niveau des gymnastes, par l'humour des clowns et le talent des magiciens. Elle qui n'avait pas mis les pieds dans un cirque depuis une éternité, elle retrouvait l'émerveillement de ses huit ans. Elle avait autant d'étoiles dans les yeux que les enfants présents, et peut-être plus de larmes à la fin.

Lorsqu'ils sont sortis de la tente, les enfants étaient

survoltés, prêts à en découdre avec toutes les attractions. Il fallait toutes les faire ! Et plusieurs fois, pour les meilleures d'entre elles. Une journée marathon. Les mamans étaient épuisées, les enfants montés sur pile. Dès qu'on reprendrait la voiture, ils ne résisteraient pas longtemps au sommeil. On connaît les oiseaux…

Mais le clou de la journée, le moment plus mémorable encore que le cirque, c'est quand le parc s'est peu à peu vidé de ses visiteurs. Au moment où l'on peut relâcher un peu la vigilance… C'est là qu'elle a sauté dans la piscine à balles. Sans prévenir. En poussant un cri : « Yihaaaa ! » Ses amies, surprises, ont éclaté de rire puis l'ont regardée nager. Elle est sortie de la piscine, et s'est mise à courir à l'attraction voisine : une grande structure gonflable avec parcours et toboggan. « Venez, les filles ! » elle a crié. Elles lui ont obéi, sous les yeux éberlués des enfants à qui on avait eu le temps de demander d'être sages. « C'est au tour des mamans de s'amuser ! On l'a bien mérité ! »

Quelques minutes après, épuisées par l'effort, les abdos en coton d'avoir trop ri, rouges et les cheveux hirsutes, elles ont fini par s'arrêter. Les enfants, décontenancés, riaient, la main devant la bouche. C'était vraiment trop drôle. Leurs mamans étaient un peu folles.

C'est la dernière fois qu'elle s'est sentie redevenir une enfant, qu'elle s'est amusée sans entraves, sans peur du jugement des autres. Et qu'est-ce que c'était bon !

… qu'elle a acheté un livre

Elle n'en a pas pris qu'un.
Comme chaque fois qu'elle entre dans une librairie.
Pourtant sa PAL[1] déborde.

Elle est de ces lectrices passionnées mais qui lisent par phases. Ce n'est pas une régulière, c'est une instable chronique. Elle lit peu, elle lit beaucoup, puis plus du tout. Pendant des jours, ou des semaines. Parfois, elle pourrait se trouver en panne de lecture. Cela peut durer plusieurs mois sans qu'elle s'explique pourquoi. Trop de choses à faire ou à vivre. Trop de temps passé sur les réseaux aussi… du temps vide qui remplit pourtant son emploi du temps. Elle en *oublie* de lire. Elle relègue alors la lecture dans un espace tertiaire de sa vie, avec d'autres activités auxquelles elle s'adonne par intermittence (comme faire ses comptes, s'occuper du jardin, trier les vêtements aux changements de saison). Et puis, tout à coup, l'envie revient. À la faveur des vacances, par exemple. Du temps pour soi. Du temps béni. Pouvoir enfin se poser dans un fauteuil au coin du feu l'hiver ou sur une chaise longue au jardin l'été. Et se laisser cueillir

1. PAL = pile à lire.

par un nouveau roman. S'en délecter par petites touches ou le dévorer goulûment. Et lire, lire, lire sans vouloir s'arrêter. Continuer après les vacances comme si celles-ci lui avaient remis le pied à l'étrier de la lecture.

Sa bibliothèque déborde de livres lus ou pas encore, ou qui ne le seront sans doute jamais, mais peu importe : elle s'offre régulièrement le plaisir de *se faire une librairie.* Elle a sa favorite, pas très loin de chez elle, mais elle aime aussi en découvrir d'autres, ici ou ailleurs. C'est tout un monde de possibles et de richesses qui se déploie sous ses yeux. Un monde de tentations.

Elle déambule dans les allées une première fois, d'abord. Comme pour s'imprégner de l'endroit, faire connaissance avec tous ces nouveaux livres dont les couvertures rivalisent de couleurs. Puis elle revient à son point de départ et se livre alors à une recherche méticuleuse de ceux qui vont rejoindre sa bibliothèque. Elle part en quête sans s'être fixé un nombre ou un budget… et c'est sans doute un tort. Sans limite de temps non plus. Son regard se pose sur chaque livre de chaque table. Une couverture attirante ne suffit pas. Il faut qu'elle aime le titre. Si possible, qu'il l'intrigue. Si ces conditions sont réunies, si elle connaît et aime l'auteur ou si on le lui a conseillé, elle va retourner le livre pour lire la quatrième de couverture, puis elle va le feuilleter un peu, lire un paragraphe ici ou là pour évaluer le style de l'auteur. Elle n'achète jamais un roman sans savoir de quoi il va traiter, sans se dire « il pourrait me plaire ». Elle parcourt ainsi la librairie, prenant, reposant ensuite des dizaines de livres. Elle ne s'arrête pas à un genre. Ni a un prétendu *niveau* littéraire… Elle ne comprend pas bien la distinction très française qui veut qu'il existe une Grande Littérature et une littérature populaire… La première, intellectuelle, soutenue par l'élite, est celle qu'on doit lire, celle que les critiques encensent à la télé. La seconde est de la sous-littérature, pour lecteurs de seconde zone, qui n'ont ni goût ni culture. N'importe quoi… On peut aimer toutes sortes de romans. Elle, elle lit de tout. Tant que ça l'emporte, tant que ça la fait vibrer. Et que la plume est belle et personnelle. Elle a des goûts très éclectiques. Il lui en faut pour tous ses goûts. Après les romans, elle ira du côté du théâtre, de la poésie et du développement personnel. La librairie regorge de tous ses essentiels.

Au fur et à mesure, une pile de livres se forme dans ses mains… parfois encombrante au point de devoir prendre un panier ou la poser quelque part. Quand elle a fini son petit tour, elle se dirige vers la caisse avec une sensation de bien-être… légèrement ternie par une drôle de question : « Mais quand est-ce que je vais bien pouvoir lire tout ça ? »

MERCI…

Chers lecteurs, libraires, journalistes, blogueurs, j'espère que vous aurez passé un agréable moment avec ces dernières fois, qu'elles vous auront plu, émus, amusés, fait réfléchir… Merci pour votre soutien.

Je souhaite aussi, bien évidemment, remercier les équipes des éditions Michel Lafon et du Livre de Poche qui se sont associées pour la sortie commune de ce recueil afin de lui donner vie en librairie.

À bientôt,

Laure

De la même auteure :

La Délicatesse du homard, Michel Lafon, 2017 ; Le Livre de Poche, 2018.

La Mélancolie du kangourou, Michel Lafon, 2018 ; Le Livre de Poche, 2019.

L'Ivresse des libellules, Michel Lafon, 2019 ; Le Livre de Poche, 2020.

L'Embarras du choix, Michel Lafon, 2019 ; Le Livre de Poche, 2021.

Histoire d'@, Michel Lafon/Le Livre de Poche, 2020.

Le Sourire des fées, Michel Lafon, 2020 ; Le Livre de Poche, 2021.

Le Craquant de la nougatine, Michel Lafon, 2021.

Table

PAPIER À BASE DE FIBRES CERTIFIÉES

Le Livre de Poche s'engage pour l'environnement en réduisant l'empreinte carbone de ses livres. Celle de cet exemplaire est de :
200 g éq. CO_2
Rendez-vous sur www.livredepoche-durable.fr

Composition réalisée par MAURY-IMPRIMEUR

Achevé d'imprimer en décembre 2021, en France sur Presse Offset par
Maury Imprimeur – 45330 Malesherbes
N° d'impression : 259117
Dépôt légal 1re publication : janvier 2022
Librairie Générale Française – 21, rue du Montparnasse – 75298 Paris Cedex 06

86/6728/0